俄罗斯当代女性文学作品集

第一卷

破碎的心

U0965681

王金玲◎主编

［俄］斯维特兰娜·瓦西连科 等◎著

武利茹 夏宏芳 吴涵 等◎译

西苑出版社
XIYUAN PUBLISHING HOUSE

·北京·

前 言

俄罗斯当代女性文学作为一种独立的文学体裁诞生于20世纪80年代末90年代初，至今，学界对于女性撰写的文学作品是否应该成为一种独立的文学体裁依然争论不休。在俄罗斯文学界，从20世纪90年代起，开始使用“性别”这一术语来阐释女性文学这一现象。各学科领域关于性别特征的研究表明，传统上被认为是男性或女性的行为和心理特征，其实不过是一种性别角色模型和社会文化结构（Зумбулидзе, 2011, с. 21）。“性别”这一概念的使用恰恰使人们更加关注男性和女性之间在生理、心理、社会和文化特征方面的异同（Мелешко, 2001, с. 8）。在当代文学发展的大背景下，女性文学的界定是需要满足几个必要条件的：一是作者必须是女性，二是核心主人公必须是女性，三是作品涉及的问题必须与女性命运相关，四是作品必须体现出女性对世界的看法和女性的心理特征。在俄罗斯，直到20世纪末，女性文学才被正式确定为一种独立的文学体裁（Зумбулидзе, 2011:21）。

当今的俄罗斯女性文学已经作为一种稳定的文学现象，成为俄罗斯文学界广泛关注和研究的对象。文学界一致认为，俄罗斯女性文学也与其他文学体裁一样，旨在寻求艺术中的新关系以及描述它们的新方法。俄罗斯著名文艺批评家和女性作家斯拉夫尼科娃（Славникова О.）认为，女性作家们总是能率先开辟出文学创作的新方向（2000：173）。俄罗斯女性文学今天的繁荣也证明了这一文学体裁的成就和未来发展趋势。但是，很多文艺批评界人士提出，不应该在区分男性文学和女性文学的框架下来审视女性文学，而应该把它看作女性作家对文学创作遗产中个性化创作风格和独特创作体系的继承和发展。加芙里琳娜（Гаврилина О.В.）认为，女性文学至少应该包含两个层面的意义："从广义上看，女性文学是指女性作家创作的所有类型的文学作品，无论作家在作品中是否倡导男女平等思想或是否遵照父权社会的创作传统；从狭义上看，女性文学是指对人类的传统共性问题（生与死、情感与责任、人与自然的相互关系、家庭观念等）表现出女性独特视角和观点的作品。"（2009：107）

女性文学创作反映出女性作家追求理想的热切而痛苦的探索历程，因为这是每个寻求真理的作家创作的主要宗旨所在。俄罗斯女性文学总结了一个世纪以来俄罗斯文学发展的美学探索和文艺创作的实验成果，开辟出未来文化发展的趋势和前景。俄罗斯当代女性文学史上出现了很多优秀的女性作家，如柳德米拉·彼得鲁舍夫斯卡娅、塔吉亚娜·托尔斯泰娅、柳德米拉·乌利茨卡娅、维克托利亚·托卡列娃等，以及各类体裁和题材的女性文学作品，包括社会心理题材长篇小说、感伤主义类长篇小说、人物传记类长篇小说、短篇小说、随笔、中篇小说等。俄罗斯当代女性文学的典型特征是具有高度的政论性、高度的社会矛盾针对性和强烈的情感色彩。女性作家作品的常见主题与理想、幸福、爱情及童年相关，更加关注家庭矛盾、童年与成年生活的反差、逝去的童年生活的美好、个人存在的价值与意义、个人与社会的关系、小人物的困惑等问题，展现新的女性形象、新的现实主义思想和独特的艺术表现手法。当代女性的新形象反映出当代女性积极的生活态度与传统女性温柔和坦率特征的完美结合。正如柳德米拉·乌利茨卡娅（Улицкая Л.）在一次采访中所说："女人和男人的世界是不同的，虽然有些地方有交叉，但不可能完全交叉。"(2000：230) 俄罗斯当代女性文学是一种全新的体裁，对当代社会新矛盾的关注是俄罗斯当代女性文学创作的主要趋势。对女性文学的研究将进一步促进女性文学在整个文学进程中的认同和发展。

后苏联时代的俄罗斯文学分为三个层次：大众文学、崇高文学和消遣文学。每一个层次的文学创作领域都有一批有影响力的代表性作家。1980—2000年，最具影响力的女性作家有彼得鲁舍夫斯卡娅、托尔斯泰娅、乌利茨卡娅、斯拉夫尼科娃、维什涅维茨卡亚、波梁斯卡娅、托卡列娃、谢尔巴科娃、戈尔拉诺娃、瓦西连科、萨杜尔等。

纵观俄罗斯女性作家的作品，我们发现，俄罗斯有影响力的女性作家不仅善于创作两性关系题材的作品，还善于创作侦探和惊险题材的作品。这些作家包括托卡列娃、谢尔巴科娃、瓦涅耶娃、波梁斯卡娅、乌斯季诺娃等深受大众欢迎的女性作家。学界对于女性作家创作的题材、艺术形象和传统主题等特点也进行了阶段划分：1980—1990年这一时期，女性作品的主题仍然围绕传统的女性问题，包括日常生活、家庭、婚姻、爱情等。与此同时，这一时期的女性创作也有了一些创新点，主要表现在作家对周围世界的特殊态度以及通过女性心理和生活经历对现实问题的深入思考。世纪之交，俄罗斯女性文学作为总体文学创作的重要组成部分，呈现出艺术水平高和体裁、情节和题材多样化的特点，形成了女性文学的后现代主义流派。其代表人物包括彼得鲁舍夫斯卡娅，托尔斯卡娅，乌利茨卡娅、斯拉夫尼科娃、波梁斯卡娅、谢尔巴科娃等。

进入21世纪以来，世界各国的女性文学都进入快速发展的阶段，越来越多的俄罗斯女性作家获得各类国际和俄罗斯国内设置的文学奖项，甚至在最受读者欢迎图书的排行榜中也名列前茅。女性文学发展的新浪潮和文学新秀的出现引起了文学、哲学、社会学、心理学等领域专家学者的广泛关注。

近年来，俄罗斯又出现了一大批年轻的女性作家，她们在继承和发扬女性创作永恒主题的基础上不断探索女性文学创作与发展的新方向、新形式和新思路。近三十年来，俄罗斯女性作家作品的文集已出版了几十部，其中由俄罗斯作家协会和俄罗斯新闻工作者协会于2012年联合发起的“阿赫玛托娃女性创作文艺奖”一举成为轰动俄罗斯文化生活的一件大事。此后，俄罗斯作家协会又陆续出版了两卷本的女性文学作品集《我教会了女人该如何讲话……》，这再一次证明，女性作家的创作不是宫廷骑士文学即男性文学的点缀和花饰，而成为俄罗斯当代文学不可分割的重要组成部分。没有女性的声音，当代文学就不完整。在俄罗斯这样一个多民族的幅员辽阔的国家，不同时代的女性作家在描述千变万化的世界的过程中不断探索新方向，在快速发展的生活中不断书写着重要的人生感悟，为人们重新认识世界、理解世界开辟出新的道路。

“俄罗斯当代女性文学作品集”是长春大学俄语教师翻译团队获得教育部2019年中俄人文交流项目支持的系列成果之一。近年来，长春大学俄语教师翻译团队已形成了鲜明的文学翻译特色，依托教育部中俄艺术教育研究中心、叶塞宁文化教育中心、孔子学院等国际合作平台，相继获得了吉林省中俄人文交流专项、俄罗斯世界基金会翻译项目、教育部国别区域研究项目、教育部中俄人文交流项目等一系列翻译与中俄人才交流项目经费的支持，相继完成了“十九世纪末二十世纪初俄罗斯文学作品选集”（三卷本）、“俄罗斯当代远东文学作品选集”（两卷本）、“俄罗斯当代生态文学作品集”（八卷本）、“俄罗斯儿童文学作品选集”（两卷本）、“俄罗斯当代作家作品专号”（2016年、2018年《作家》杂志）、“俄罗斯当代话剧选集”及“大型油画的保存与修复”等文学和艺术类翻译项目。与此同时，长春大学在中华学术外译、中俄关系史研究、中国俄罗斯侨民文学研究、“一带一路”沿线国家国情文化研究等领域也取得了一系列翻译和研究成果，形成了不同翻译方向的师生合作团队，展示了学校俄语教师团队在俄语高端翻译人才培养方面的优势和特色，凝聚了长春大学俄语师资团队在文学翻译、应用翻译和高端翻译人才培养领域不断探索、精益求精的精神。

“俄罗斯当代女性文学作品集”收录的女性作家作品来自俄罗斯作家协会出版社出版的《母亲们和女儿们》，作品集收录了俄罗斯作家协会中45位女性会员的45部作品。值得一提的是，这些作家不仅是新老两代女性作家的代表，而且其中不乏很多母亲和女儿同时为女性作家的代表，如妮娜·维谢洛娃和阿娜斯塔西亚·阿斯塔菲耶娃，塔基亚娜·娜巴特尼科娃和阿格拉娅·娜巴特尼科娃，斯维特兰娜·莫索娃和阿琳娜·奥布赫等。在这些作品中，很多作家描述了自己的亲身经历，提出了自己对现实世界人与人之间关系变化的看法，揭示出当今世界的新时代特征和传统文化观念逐渐淡化与消逝的事实，旨在引起读者对母性及亲情关系、情感教育、克服自身弱点和对理想信念不懈追求等问题的深入思考。这些作品不仅讲述了母亲们对女儿们的教育和培养过程，也讲述了女儿们对母亲们的一些行为的不满以及她们之间矛盾与不和谐产生的深层次原因。对不同时代女性之间复杂的亲情关系及其悲剧的探索，目前还是一片尚未开垦的处女地。国家的历史就像看不见的经纬线一样贯穿于她们的命运之中，这些作品中不乏关注苏联解体后移居到世界各地的俄罗斯女性的命运和生活困境的题材。

希望这套“俄罗斯当代女性文学作品集”的出版能够引起我国文学界对俄罗斯女性作家作品研究的关注和重视，为中俄当代文学文化交流做出更大贡献。

王金玲

2021 年 11 月 11 日

参考文献

1. Гаврилина О.В. Чувство природы как один из способов создания образа героини в женской прозе //Вестник Ленинградского государственного университета им.А.С.Пушкина. 2009. – № 2 (26). - с.105-114.
2. Зумбулидзе, И. Г. «Женская проза» в контексте современной литературы / И. Г. Зумбулидзе. // Современная филология : материалы I Междунар. науч. конф. (г. Уфа, апрель 2011 г.). — Уфа : Лето, 2011. — С. 21-23. — URL: https://moluch.ru/conf/phil/archive/23/409/ (дата обращения: 27.10.2021).
3. Мелешко Т. Современная отечественная женская проза: проблемы поэтики в гендерном аспекте. Учебное пособие по спецкурсу. - Кемерово: Кемеровский гос. ун-т, 2001, 88 с.
4. Славникова О. Та, что пишет, или Таблетка от головы // Октябрь. 2000. №3. с.169-174.
5. Улицкая Л. Принимаю всё, что дается: интервью // Вопросы литературы. 2000. № 1. с. 215-237.

目　录

СОДЕРЖАНИЕ

母亲与胜利日阅兵式

Мама и парад Победы

斯维特兰娜·瓦西连科 著
王金玲 译

斯维特兰娜·瓦西连科

Светлана Василенко

斯维特兰娜·瓦西连科，1956年1月24日生于阿斯特拉罕州弗拉基米尔区卡普斯京·亚尔镇。1983年毕业于高尔基文学院散文专业。1989年毕业于国营中央摄影电影公司剧本及导演高级研修班。其处女作短篇小说《追逐赛加羚羊》发表在1982年的《文学学习》杂志上，并被评论家评为年度最佳作品。1988年，斯维特兰娜·瓦西连科与拉丽萨·瓦涅耶娃共同创办了女性作家组织，并出版了数部女性作家散文集及诗集。

斯维特兰娜·瓦西连科的作品被收入《青春时代》《旗帜》《新世界》《女工》等七部文学作品集及在十六种杂志上发表，并出版了七个单行本。斯维特兰娜·瓦西连科的剧本被拍摄成七部故事片和纪录片。根据她的同名中篇小说《莎玛拉》改编的电影剧本由基辅多夫任科电影制片厂拍摄成电影，并荣获1994年的伊夫·蒙当奖。

斯维特兰娜·瓦西连科的作品曾荣获1991年布拉格颁发的最佳欧洲书籍奖，以及1994年德国颁发的谢尔盖·爱森斯坦最高奖。其长篇小说《小傻瓜》在读者中引起巨大反响，并获得1998年《新世界》杂志评选的最佳长篇小说奖，以及1999年的弗拉基米尔·纳博科夫奖。

斯维特兰娜·瓦西连科的多部短篇及长篇小说被翻译成中、德、英、意、法、冰岛、荷兰、芬兰、白俄罗斯、哈萨克斯坦、乌兹别克斯坦、日、朝、印地语、等语言。多部散文单行本被翻译成德文和英文出版。

斯维特兰娜·瓦西连科现任俄罗斯作家协会会员、俄罗斯电影工作者协会（俄罗斯电影剧作家协会）会员、俄罗斯记者协会会员。自1996年起，她一直担任俄罗斯作家协会主席。

母亲与胜利日阅兵式

今天是5月9日，我带着母亲和邻居加利亚阿姨去参加胜利日阅兵式。她们两个都已经八十七岁了，都是“二战”的亲历者。阅兵式在科罗廖夫广场举行。她们两位被安排在主席台上就座，那里都是参加过“二战”的老兵。阅兵式结束后，老兵们被请去了饭店，每人都给倒上了二两军队特供的白酒，她们当然是吃不消的。这一天她们收到了很多鲜花，唱了很多战争时期的歌曲，还和一个将军拍了很多照片，这个将军是卡普斯京亚尔导弹发射场的创建者之一。一天的庆祝活动丰富多彩，我们回到家时依然感到意犹未尽。

我的母亲叫玛利亚·萨维尔耶夫娜·瓦西连科，“二战”爆发时，她还是一个十五岁的小姑娘，当时住在罗斯托夫州博科夫斯基区的“红霞”农场。一年后德国人攻占了这里。在邻近村庄里，也就是我母亲的亲姨妈——已经没了一条腿的哈里塔所在的村庄里，当时潜藏着我们苏联方面的侦察员。他们负责在敌人后方作战：破坏铁轨，炸毁军事设施，切断电线等。所有这些细节他们都写在了日记里。

母亲和她的妹妹玛琳娜每天都去邻庄给这些侦察员送

饭。有一次，在母亲从邻庄返回的途中，一个由德国人任命的村长赶着一辆四轮马车追上了她，并主动提出送她回家。在他们的交谈中，他说："小姑娘，你姨妈家院子里的晾衣绳上怎么会有军人的制服呢？难道她真的什么也不怕吗？德国人眼看着就要来了，会搜查的。"母亲托词说她什么也不知道。

就在当天晚上，所有侦察员和我母亲的姨妈哈里塔以及我母亲都被抓走了。他们被带到罗斯托夫州的另一个城市——米列罗沃市的监狱。一开始，我母亲被关进了一个单独的牢房里，后来敌人对她实施了刑讯逼供（用铁圈紧紧地箍住她的脑袋，把手枪塞进她嘴里威胁说要枪毙她），让她说出侦察员的所作所为以及她帮助他们做了些什么。母亲一直没有开口，因为她曾在报纸上看过卓娅·科斯莫杰米杨斯卡娅的故事，她也想成为像她那样的英雄。有一次敌人把母亲的姨妈——只有一条腿的哈里塔也拖到审讯室来审讯。当时哈里塔声嘶力竭地向德国人吼道："你们对我做什么都可以，但是不要碰我的孩子！"哈里塔当天就被德国人枪毙了。母亲的姨妈——哈里季娜·伊万诺夫娜·瓦西连科[1]，后来被葬在米列罗沃市的烈士公墓里。

---

1 俄语中的人名有正式和非正式之分，非正式名字又有很多指小表爱形式，在非正式场合和亲人之间可以用小名和表爱形式称呼或称谓。此处的人名"哈里塔"是正式名字哈里季娜·伊万诺夫娜·瓦西连科的简称。——译者注

母亲在监狱的走廊里意外地撞见了苏军侦察员萨沙。他把藏在兜里的一块面包给了她，并告诉她，他们对所做的事情都已经供认不讳了，因为德国人找到了他们的日记，而日记里对他们所有的行为都有详尽的描述，其中也包括母亲给他们送饭的事情。后来母亲听说所有的侦察员都被枪毙了，萨沙也被枪毙了，但是直到现在母亲仍然相信萨沙还活着。

后来，母亲被送到了位于米列罗沃郊区的政治犯集中营。这时斯大林格勒保卫战已经取得胜利，苏军已开始乘势向西部战场反攻。在集中营里，母亲和其他囚犯被迫来到草原上，冒着枪林弹雨为战死的德国人挖掘墓穴。有一天，他们看到空中有两架飞机正在战斗——是我们苏联的战机和德国的战机正在交锋。最后，我们的战机赢了，母亲和其他囚犯一起兴奋地大叫起来。一个上了年纪的囚犯提醒他们说，你们年轻人不要大声喊叫，这样会被德国人发现的。有一天，多架苏联飞机飞到这里，开始轰炸米列罗沃。城市和集中营里出现了骚乱。德国人和罗马尼亚人乘坐货车和卡车纷纷从城市里逃走了，集中营立马处于无人看管的混乱状态，于是许多囚犯也开始四处逃跑。我母亲和另外一个在集中营里相识并很要好的女孩也逃了出来。那个女孩名叫热尼亚，她比我母亲大八岁，当时已经是共青团员。她家住在维奥申斯卡娅镇，和我母亲家住的地方是同一个方向的，于是她们决定一起逃走。

当时正值二月，天气很冷，她们小心翼翼地从居民点边上逃离，躲过了德国人的追踪。夜里她们来到了镇里的一家农舍，想在那里过夜。女主人没有开门，赶她们走。但是我母亲和热尼亚阿姨已经筋疲力尽了，又冷又饿，没有力气再走了。于是她们坐在了这家农舍的台阶上，用她们随身携带的集中营的被子裹住身体，打算在这里过夜。但是，主人家的狗开始狂吠起来。过了一会儿，女主人又走了出来，给她们拿了些吃的，请求她们离开这里，不然的话，敌人就会杀了她的全家。所以没办法，她们只得继续前行。

或许是因为走投无路，热尼亚才提议去她哥哥那儿，他是德寇的一名伪警，也住在这个镇子里。热尼亚以为哥哥是不会出卖妹妹的。当时我母亲有点儿迟疑，但是也别无选择，要么在外面冻死，要么去找热尼亚的哥哥。哥哥热情地接待了她们，给热尼亚端来了热茶。这时我母亲就站在门口，一动不动地站在那里。当时也没有人给她茶喝，她只能内心酸楚地羡慕着热尼亚有热茶喝。哥哥详细打听了妹妹在集中营的遭遇，表示出同情，背地里却偷偷让儿子叫来了德国人。半个小时后，我母亲和热尼亚就被德国伪军的警察逮捕了。她们又被送回来列罗沃市，但是并没有回集中营，而是被送进了监狱。

斯大林格勒保卫战之后，罗马尼亚人对囚犯的态度有所改变，甚至开始讨好囚犯，说他们不是战争的始作俑者，还给囚犯分饼干吃。后来苏德双方为争夺米列罗沃市爆发了战役，该战役持续了三天三夜。在这期间，罗马尼亚和德国的监狱看守们都逃跑了。母亲和其他囚犯在监狱里饿了三天三夜，不知道接下来会怎么样。他们只听到监狱外面手榴弹和子弹的频频爆炸声，以及炮兵的齐射声。最后，囚室的门开了，门口站着的竟然是我们苏联的士兵！他们别提有多高兴了！士兵们为每个囚犯都发放了德国饼干，然后就把大家释放了。

我母亲和热尼亚又一起踏上了回家的路。她们拉着装上饼干的小雪橇往家走。半路上，她们搭乘上一辆卡车。卡车司机先把我母亲送到了“红霞”农场，然后又把热尼亚送到了维奥申斯卡娅镇，我母亲的父亲，也就是我的外公萨瓦看到我母亲活着回来并且毫发未损，哭得死去活来——他原本以为自己的女儿早就被枪决了。

“二战”结束后，我母亲考入了伏罗斯洛夫格勒市（现在的卢甘斯克市）的中等建筑技术学校，毕业后就来到了阿斯特拉罕州一个正在建设的兵营城市——卡普斯金亚尔，在这里的房产管理局担任工程师，负责城市和导弹靶场的供水设施的技术维护工作。当地人都叫她“冷玛莎”，因为她负责冷水供应。还有一个“热玛莎”，顾名思义，就是负责热水供应的技术员。让我母亲倍感自豪的是，她和其他建设者们一起建设了我们神奇又美丽的、永远年轻的城市——兹纳缅斯克市。

椋鸟飞来了！

阿斯特拉罕州的春天不是暖和，而是像夏天一样炎热，这里的人们好像在向自己和全世界证明，在经历如此寒冷的冬天之后，他们不仅活了下来，还依旧生机勃勃。花园里的樱桃树、苹果树一眨眼就都打起了花骨朵，郁金香、铃兰和丁香已经盛开了。

丈夫在我的请求下做了两个椋鸟巢，一个挂在樱桃树上，另一个挂在苹果树上。第二天两个鸟巢里都住进了椋鸟。连续三天，它们站在鸟巢稍高处的树枝上唱着庆祝新婚之喜（或乔迁之喜）的歌儿。

这一年，我母亲已经八十六岁高龄了，得了中风刚刚康复，她拄着拐杖绕着家里盛开着的花园走了一圈，心里格外高兴。有一天，她给阿斯特拉罕州政府的官员写了一封信，请求为我们家的房子安装燃气和自来水，她在信中写道："作为游击队员，我在战争中和我的同胞们一起战胜了敌人，取得了胜利，在草原上建设了这个城市（卡普斯金亚尔导弹靶场），养育了一个作家女儿（也就是我），培育了这里的花园。"瞧，对她来说，赢得战争、建设城市、培育女儿和培育花园是她生命中最主要的成就。

今天，椋鸟已经唱累了，它们把各种小嫩枝叼进了自己的小房子，开始认认真真地筑起巢来。

春天来了，鲜花盛开，幸福满满。

玛琳卡

母亲在中风之后就弄不清她的战友中谁还活着，谁已经死了，于是经常问我，我就告诉她某人已经去世了。而每一次听到谁去世的消息时，她总是惊异地看着我。“沃福卡也去世了吗？”母亲问道。“是的，沃福卡也去世了。”我回答说。沃福卡就是我的父亲，是母亲钟爱了一生的男人。听到这个消息母亲就不再说话了，但一天之后她还会再问同样的问题。

就拿今天来说吧，邻居娜佳阿姨来了，我们聊了些杂七杂八的事儿。母亲就在我们聊天的不经意间突然问玛琳卡在哪儿。我的邻居不明白她说的玛琳卡是谁，后来说大概是我的母亲老糊涂了，把她的女儿列娜误称作玛琳卡了。但是我知道母亲是怎么一回事，不久前她就出现了幻觉，总认为有一个叫玛琳卡的小姑娘现在和我们住在一起。而母亲却一会儿担心这个玛琳卡走了，一会儿关心她睡着了没有，一会儿又担心她会出什么事儿。或许这个人就是她今年刚刚死去的妹妹——我的姨妈玛琳娜？或许她转世成一个小姑娘在我们家里住下了？难道是我母亲能看见她而我看不见吗？比如说，不久前她曾问我她的姨妈哈里塔去了哪里，我说战争期间她被德国人杀害了，但是母亲信誓旦旦地对我说她的哈里塔姨妈还活着。我没敢和她争论。也就是说，现在所有逝去的人她都能看见他们还活着。或许她真的能看见。要知道所有的人在上帝那里都还活着。或许，他们真的还活着吧。

一双白鞋

我们的邻居——加利亚阿姨八月份刚刚过完八十八岁的生日，而我的母亲比她小半岁。于是她们两个人开始比谁能活得更长。我母亲从来不喜欢说死亡，加利亚阿姨却正相反，每一年都邀请街坊邻居老太太们参加自己的生日宴，在举最后一杯酒时总是喜欢高歌一曲：“嗨，我们要多喝酒、多散步啊！我们要好好享受生活呀！等死神一来，我们就得走了。”来庆祝生日的老太太们也总是冲她挥挥手说：“不许胡说八道，加利亚·瓦西里耶夫娜，再这么说就叫你舌头上长疮。”加利亚阿姨半天不吭声，然后突然补充道：“死神如果真的来了，它在家里是找不到我的！它只能去小酒馆里找我，在它找到我的时候，我的手里还握着留有半升白酒的酒瓶子呢！来吧，我们就为死亡喝上这最后一杯吧！让死亡见鬼去吧！”她最后补充上的这段激情高昂的歌唱让所有人都兴奋不已，老太太们的情绪都高涨起来，喝得脸颊通红，告别时还意犹未尽，依依不舍。

的确，现在谈加利亚阿姨的死亡还为时过早：她还是那么精神饱满，头脑清醒，记忆力超常，还能缝制衣服、编织毛衣、收拾房间、做饭，每个月有两个星期六还能和我一起乘出租车去市里的澡堂洗澡，以及在桑拿房里蒸上一段时间，并用桦树条抽打身体，抽打的时间比谁都长。加利亚阿姨每次在她女儿去上夜班的时候都喜欢来我们家里坐坐，来和我们说一说死人用的那些东西——主要是叨咕叨咕她给自己准备了哪些死后穿的衣服。比如说，她给自己从裁缝那儿订制了一条带松紧带的贴身穿的长裙，这样在她死后穿起来会更方便。她还炫耀说，她已经为自己买好了在告别仪式上穿的短裤、针织衬裤、针织背心和白色长裤。现在只差一件事情没有解决了，那就是她还没有买到在葬礼上穿的白鞋。终于，在一次大礼拜的集市上她给自己买到了一双白鞋。她饶有兴致地给我和母亲讲述了这双鞋子有多么洁白无瑕，有多么精致漂亮——这样的鞋子不应该穿在躺在棺材里的死人的脚上，而应该穿在婚礼仪式上的新娘子的脚上。

半年后的一天，加利亚阿姨突然拿着这双白鞋到我们家做客。她说，这双鞋子她已经穿不进去了，因为她的脚已经开始肿胀了。她想看看我的母亲是否能穿进去她的这双寿鞋。我顿时被吓得呆若木鸡。我的一个从卡尔梅克来看我的好友尤利娅也被吓得目瞪口呆。要知道这是多么不吉利啊！我的母亲正病着，卧床不起，而有人竟在这个时候拿来一双寿鞋让她试试是否合脚。我虽然心里不舒服，但外表上并没有表现出内心的忌讳。我从加利亚阿姨手中接过了鞋子，心如刀绞一般走到母亲身旁。我就像握住死亡一样紧握着这双鞋子，开始给母亲试穿。母亲的脚竟然也穿不进去！我如释重负般深舒了一口气，心里暗自高兴并大声喊道："您的鞋我妈妈也穿不上啊！"加利亚阿姨有些沮丧，她该怎么处理这双鞋呢？我们建议她去市场上找到卖她这双鞋的人退掉。在加利亚阿姨走了之后，我和我的好友为我的母亲好好地庆祝了一番：我们兴奋地在屋里走来走去，一边亲吻着我母亲的脸颊，一边高声地喊着"白鞋！白鞋！"然后又不合时宜地哈哈大笑起来。母亲自生病以来也第一次笑出了声。

一位医生

我们城市的澡堂子里每逢周六都聚集着各行各业的巾帼精英们，包括女医生、女教师、自愿在部队超期服役的女兵、女商贩以及民营女企业家。这里可以听到城市里的各种逸闻趣事。今天大家先是谈起了荞麦粥的功效，然后话题转到了医院的事情，再后来话题就转到一个当地的神经内科医生身上。他给自己科的所有患者，主要是中风患者都开具了同样的治疗食谱：早餐吃核桃，午餐吃核桃，晚餐还是吃核桃。有一次，他到一个病人家里出诊，看见病人家的床头柜上放着一盘肉汤，于是沉下脸来说：“您这是在吃动物的尸体，我不和这种人说话。”说完转身就往外走。病人的女儿赶紧追了过去，并随手关上了屋里的门，不让医生出去。她说：“医生，这不是肉汤，这是鱼汤，请您给我妈妈看看病吧，我们不吃肉，我们只吃鱼。”“难道鱼不是肉吗？”医生大喊起来，“你们就是凶手！我再也不会来你们家出诊了！”“但是这条鱼也不是我捕捞的呀！我是在商店里买的呀！”病人的女儿辩解道。“那你们就是双重杀手！你们是订制杀手！”医生边说边推开病人的女儿走了出去。

的确有这么一个医生，而且这个素食主义医生我也认识。在我母亲患上中风的时候，他曾是她的主治医师。他当时也小声但态度十分坚决地对我说：“不要再给你的母亲吃肉了，你甚至不知道这肉是公牛的还是母牛的……”我问他：“这有什么区别吗？”他说：“区别大了！你想啊，你是女人，吃了公牛的肉会有什么后果！”“吃了会怎样呢？”这个医生耐心地对我解释说：“公牛的肉里有雄性激素，你吃了之后这些激素会和你的雌性激素混合在一起，所以你就会暂时变成像公牛一样的男人……”

一个女人说，有一天晚上她在一家马格尼特连锁超市里看见了这个医生，于是跟在他后面看他给自己买些什么吃的东西。原来他买的都是些儿童食品，那种瓶瓶罐罐的小孩儿吃的东西。

另一个女人说，这个医生用这种素食的食谱把自己的母亲给害死了。他只给母亲吃单一的卷心菜。不久前她就去世了，死的时候年龄并不大。而他却把自己所有的工资都用来买那些奇花异草，把它们种在自己住的五层小楼的周围，他家的楼前长满了像他一样奇怪的各种热带植物。

一个澡堂服务员说，有一次，这个医生从澡堂子里出来时没戴帽子，光着湿湿的脑袋就走到了外面。于是她问他："您怎么能冬天不戴帽子，况且还刚刚洗完澡就出来了呢？您这样会感冒的，会生病的。"他说："我是不会生病的，因为我在和宇宙直接对话！"

很暖，很美

春天来了，白天的气温达到了11℃，丁香花和红梅花都已含苞待放，花园里郁金香的叶子已经从地里冒出了芽儿，椋鸟也飞回来，开始站在老苹果树上练嗓子了。但是转眼间，咔嚓一下，冬天又回来了。夜幕降临的时候，我把去年的落叶扫成了堆儿，观察着苹果树和樱桃树的树干，想着第二天要把它们涂成白色。可是第二天早晨，我走进花园一看，所有的树干都已变成了白色，仿佛有人不经意间把桶里的白油漆全泼到了上面一样。眼前的虚幻世界让我感到头晕目眩。这是谁干的呢？为什么要这么干？是有人偷听到了我昨天的意念吗？再仔细一看，原来是雪。苹果树老树皮的凹陷处都已钻满了雪，白得像粉笔屑一样。

第二天早晨，给整个房子供暖的燃气锅炉竟然坏了。燃气修理工来了，说需要换一个新的锅炉，然后就切断了供暖管道。现在室外的温度是零下 9℃。好在十年前在安装燃气锅炉时我们没有拆掉那个旧的荷兰式火炉，好在这些年来一直放在棚子里的木柴没有动过，而淋浴分隔间里还有一些无烟煤。我们就像以前一样点着了炉子，我和母亲坐在温暖的屋子里看着窗外飘着的雪花，感觉很暖、很美。

曾外婆

今天我通过 Skype[1] 和我的外孙做了视频聊天。他叫扬，刚满两岁零两个月。我给他讲了关于小圆面包的童话故事，他听得很认真。然后我和他又一起朗诵了一首关于“鹅鹅鹅，嘎嘎叫”的小诗。当我刚说出第一个词的时候，他马上就兴奋地叫起来：“嘎嘎嘎！”接下来我问他：“亲爱的鹅们，你们想吃东西了吗？”“对对对！”他高兴地回应着。

这时我的母亲，也就是他的曾外婆，走到了电脑跟前。我的外孙马上警觉起来，不再说话了，并像往常一样，怕生

1 Skype 是一款即时通信软件，汉语意思是网络电话。具备即时通信所需的功能，比如视频聊天、文字聊天、传送文件等功能。——译者注

似的躲着我的母亲。他怎么也记不住这个人是谁。我对他说："这是你的曾外婆！"他摇着脑袋，问他爸妈这是谁。他就是不明白"曾外婆"是什么意思。我又跟他解释说："这是玛莎曾外婆。"他还是不明白。这时我突然想到该怎么和他解释了："这是我的妈妈。"我边说边拥抱了一下我的母亲。我的外孙惊讶地看着我们，然后高兴地大笑起来，也开始拥抱自己的妈妈。他终于明白了，明白了这个他不认识的女人原来是我的妈妈。他也有自己的妈妈。问题是他的妈妈和我的妈妈都叫玛莎，他有一个玛莎妈妈，我也有一个玛莎妈妈。现在他终于明白了曾外婆是谁。

阳台

我正在把家里的房子做一次全面装修。现在轮到这个破旧的木制阳台了：阳台上的旧东西让我全部扔掉了，天花板也刷了新漆，墙壁贴上了新壁纸，地板也铺上了新的油毡布——一切看起来都焕然一新，完全就是多出来的一个漂亮的、可以居住的新房间！我满怀自豪地让母亲参观我们的新阳台。我说："你瞧，妈妈，我们的新阳台多漂亮！"而母亲却说："我的阳台在哪儿？"我指着空空的阳台说："这不就是嘛！""不，"她说，"这不是我的阳台。我的阳台上总是晒着各种青草，存放着给鹅吃的粮食，墙上还挂着橡树条子，粮食袋子上总是有一只猫坐在上面向窗外看风景，还有其他各种东西。”总之，曾经的阳台对母亲来说就是一个神话般美丽的地方，而现在，它只是一个空空的房间。一时之间，我甚至不知道，要把什么东西放在里面。

向日葵

我好不容易才从伏尔加格勒赶到家里,这一路上很疲惫，我热得喘不过气来，尽管我出发时已经是下午五点半了，但天气依然十分炎热。我到家后就开始为后院地里的土豆和樱桃树浇水，一直忙到半夜。而母亲就站在台阶上，在黑暗中不断地喊着我的名字：“斯维塔！斯维塔！”我回应她说我在浇水，马上就浇完回屋了。可她还是在不断地喊着我的名字：“斯维塔！斯维塔！”

我已经摘下了第一批成熟的黄瓜——一共有三根，自己种的西红柿两天前我也已经摘了。今年的杏也结了，虽然不多，但毕竟还是结了。去年的时候，谁家的杏树也没有结果子，但是去年我丈夫“刺猬”栽的向日葵却朵朵盛开，即使在黑暗的时候也能照亮我的路。

灰色蝗虫，抑或是死亡的预示者

我们家所在的伏尔加河下游地区异常炎热，只有到了晚上才能过上正常人的生活。南方的夜晚是迷人的。蝉吱吱地叫，五十戈比大的星星不时地眨着眼，百合花和喇叭花开得正艳，香气扑鼻，令人沉醉。还有百日菊也争奇斗艳：黄色的、红色的、粉色的和紫色的花朵分外妖娆。我们兵城将百日菊称为“上校”，因为它的花茎笔直，花朵坚韧，具有坚忍不拔的品格，而且花的形状看起来非常像以前上校军官肩章上的那颗大星。

今天白天，在我和母亲及她的好友伊拉阿姨一起坐在桑树下喝薄荷茶的时候，有一只大蝗虫突然来造访我们。这只硕大的、披着灰色长礼服的蝗虫飞过来，落在我们旁边被涂成白色的墙壁上，它的脸像马脸一样细长，看上去很有智慧，一双大眼睛好像透过目镜一样紧紧地盯着我们。这是一个死亡的预示者。它堂而皇之地注视着我们这几个坐在桌旁的人。猫发现了它，试图去抓住它，但是它很聪明且动作十分敏捷。只见它嗖地一下跳起，瞬间就飞到了花园深处。它来偷看什么呢？它会向上帝汇报什么呢？它还会再来侵犯吗？是我们的末日到了吗？还是一切厄运都会过去？

游泳池

今天，我们花园里新安的充气游泳池终于可以派上用场了。几乎一个半月的时间它都放在一个专门为它准备的浇灌好混凝土的空地上，因为它的一个充气侧板上有一个地方漏气，导致存不住水。今天我把这个充气游泳池的所有侧板都打足了气，擦上了肥皂，然后一点儿、一点儿地检查窟窿到底在哪里。我终于找到它了，不过是一个很小的孔。我把这个孔用绝缘胶布粘上了，我们的游泳池就这样终于可以使用了。我把母亲叫过来看，虽然她已经八十七岁了，但依然喜欢在游泳池里游泳。她一边往自己身上撩着水，一边开怀大笑着。我们一起游了有四十分钟。这简直是无与伦比的幸福！完全是另一种生活品质！而这一切美好都得益于这个中国制造的小型充气游泳池！

木瓜粉

即使只有一半乌克兰血统的人也容易犯傻。我就是其中之一。我很容易相信一切，相信所有人。20 世纪 90 年代我参加过 3M 公司[1] 的集资活动，也曾把钱投资到恰拉银行[2]，还曾相信有人打电话说我的电话号码中了大奖：只需要我往某个银行账户上转一个小数目的钱就可以获得一辆奔驰车。在去往银行打钱的路上，我被我的儿子截住了。

在各种金融诈骗行径层出不穷的今天，我又被一种神奇的药物——木瓜粉洗了脑。据说，罗马教皇吃了它病就自愈了，这种神奇的木瓜粉治好了他的帕金森病，于是罗马教皇几乎可以长生不老了。据说，这种木瓜粉还可以治很多脑病，包括中风。就是这一点让我动了心，因为一年半前母亲得了中风，至今也没有完全康复。

卖药的人约我在郊外的汽车站见面。到了那里，我看见一辆脏兮兮的、车漆破损严重的查波罗什人牌小轿车，里面坐着一个身材魁梧的男人，他彬彬有礼地请我坐到他的进口小轿车里。我弯着腰勉强坐了进去，在炙热的阳光下坐在那里煎熬了半个小时，伴着自制电风扇的嘎吱声，听他讲述这种木瓜粉的生物成分及其对服用者产生的神奇功效。

我问他在此之前是做什么工作的，我甚至无法准确表达

---

1 3M 公司是俄罗斯历史上最大的集资有限责任公司，由谢尔盖·马夫罗蒂及其兄弟维亚切斯拉夫·马夫罗蒂和他的第一任妻子奥莉佳·梅里什科娃创建的，因三人的姓氏均以字母 M 开头，被简称为 3M 公司，公司从 1994 年起开始从事集资活动，据不完全统计，参与该公司集资活动的有 1500 万投资者。——译者注

2 恰拉银行是由弗拉基米尔·拉丘克夫妇创建的私家银行，其集资活动导致几万个投资者失利，受骗的大部分是文艺工作者和知识分子代表，包括演员、作家、诗人、医生等。——译者注

"在此之前"指的是什么。他说他以前是个军人，现在已退役，靠这个行当赚点儿外快。总之，这是一个能说会道的男人，他最终说服了我，于是我买了一包这种粉末状的木瓜神药，这一包是够吃一个月的量。我先拿自己做了实验，吃了一段时间之后感觉没有任何疗效。看来，这种木瓜粉不过就是面粉。

世界老虎日

昨天中午我熬了红菜汤，用的全部蔬菜几乎都是我们自家菜园里产的。不知为什么，这道菜我做得比以往任何时候都要精细。做完这道菜我又绞了很多青椒馅儿，足足装满两大平底铁锅。我当时还在想：我们阿斯特拉罕州在葬礼后的酬宾宴上一般都用这种青椒馅儿做馅饼。我又用切菜机擦出很多拌凉菜用的蔬菜丝。摆好了桌子，放上了喝樱桃酒的高脚杯，还有我自己用刚刚摘下来的樱桃制作的樱桃酒，我把它从一个十升装的大瓶子分装到了小瓶子里。

"来吧，妈妈，我们来庆祝一下世界老虎日吧！"我说。

在我刚往高脚杯里倒那深红色的樱桃酒的一瞬间，我突然想起了二十年前的今天，也就是7月29日，我的父亲弗拉基米尔·格奥尔吉耶维奇·莫列夫去世了。我和母亲今天祭祀了他，为他祈祷安息。

我的父亲在我十岁那年抛弃了我们，去了里加，他曾在那里的军校上过学。后来在那里又结了婚，最后死在那里也葬在那里。他去世的时候没有人通知我，后来只告诉了我他去世的日期。几年前我因公出差去了里加，和他的遗孀一起去了莱尼斯墓地，在我父亲的墓前肃立了一会儿。我的母亲告诉我，在他说将永远离开我们不再回来时我又哭又闹，抓住他的大腿苦苦哀求："爸爸，不要离开我们！"而我现在已经不记得这些了,大脑里那些痛苦的记忆已经一扫而空了。可是现在，我虽然不是有意识地想起他的忌日，但潜意识里（或者是内心深处）却依然记得他的忌日。

嘎！

今天一大早起来天气就很暖和，甚至有些晒。母亲坐在外面桌子旁边晒太阳。这时，一个社区服务的女士来了，送来了一些水果。母亲坐在那里计算着我该给这位服务人员付多少钱。然后这个女士突然问道："你们的大鹅科沙哪儿去了？"以前这只大鹅总是坐在桌子旁，和我的丈夫说着话。它能听懂人话，也能回答人的问题，每次表示同意的时候，就像男人一样不慌不忙地发出"咯咯咯"的声音。你只要看上他们两个一眼,就会觉得是两个亲密无间的好朋友在聊天。可是今天我的丈夫"刺猬"出门了，所以，我们的大鹅科沙也藏到花园里思念它的老朋友去了！

我叫它："科沙，过来！"大鹅伸出了脖子，仔细倾听着我在叫它，却没有做出任何回应。我又喊道："科沙！"这一次它不满地大叫了一声"嘎！"（在乌克兰，乡村妻子在叫自己的懒汉丈夫时会喊："彼得罗！"而她的懒汉丈夫会打个哈欠回应道："嘎！"意思是，别烦我，婆娘，你没看到你的哥萨克丈夫正在思考问题吗？）

我又叫了一声："科沙！"这时科沙用更加嘶哑的喉音——仿佛没上过油的四轮车发出的嘎吱声一样，回应了一句："嘎！"然后，它就像一个白色的帆船一样左右摇晃着渐渐远离了我们，向花园的深处走去。

比姆卡

今天我要去"虾湖"抓一只被人遗弃在那里的棕黄色小猫。我给它带了一些吃的东西——鲜鱼汤、酸奶、面包和干的猫粮。到了那里，我先靠近它，叫了叫它，它回应了。于是我给它扔过去一块用水沾湿的面包，它吃得津津有味，但是不让我抱。它钻到了人无法走进去的高高的杂草丛里喵喵地叫着，但已不像昨天那样焦躁不安了。我决定先去湖那边的小河去洗个澡，然后再回来把小猫抓住带回家。我沿着湖岸游，游出去很远，因为市区老湖滩的水域已长满了杂草，没有人在这里洗澡，在临近军营那一侧的湖水里也没有人洗澡。只有两个叔叔坐在那里钓鱼，他们问我游泳经过的地方是否发现了鱼。我终于看到了一个美丽的沙滩和一大群人，路边停着几辆轿车。于是我决定从这里上岸。上岸后我发现灌木丛下面有一只非常小的黑色小狗崽，脖子上的毛是白色的，额头上也有一小撮白毛，像一颗小白星一样点缀在那里。我问旁边钓鱼的人这只小狗是否是他的，他说不是。我问了沙滩上所有的人，小狗是不是他们的，他们是否想带走它。结果所有人都没有带走它的意愿。最终我只好带走了这只小狗。我把它紧贴在怀里，沿着湖岸走了很久，才走到我的自行车停放的地方。我决定明天再去抓小猫或者每天过来喂它，直到它熟悉我之后再带它回去。所以，现在我有一只小狗，它是那样小，甚至还不会自己吃东西，我每天都用小勺来喂它。这是一只很漂亮的小母狗。我和母亲给它起个名字叫比姆卡，可是母亲总是叫错，叫它季姆卡。

“妈妈，要不然我明天把它拿到市场去，找个善良的人家养吧？”我问道。

“那可不行，我们能把它养大！”母亲说道。

晚上加利亚阿姨来了，她是一个不喜欢狗的人，但这一次她却极其喜欢我们家的小狗。

“瞧，它的毛色多漂亮啊！”她说。

流动马戏团

昨天我和母亲去大棚马戏场看了一场马戏，演员们表演得非常成功，我和母亲都非常喜欢。马戏团的小狗们都是经过训练的（跟我们家的小狗格雷一样，都是卷毛的狮子狗）。我母亲特别喜欢这个品种的狗。马戏表演除小狗之外，还有几只小猴子、浣熊和袋鼠穿着小裙子在舞台上飞来飞去的，它们的动作都很灵敏，不时地跑到金色的舞台侧幕后边。还有几只狼、一只穿着俄罗斯围裙的雌熊和驯兽员一起跳着俄罗斯民族舞蹈。几个女杂技演员在棚顶下做着高空杂技动作表演，她们精湛的技艺把我感动得热泪盈眶。小丑们的表演也非常幽默好笑，逗得在场的孩子们开怀大笑，我们也是忍俊不禁。我们已经好久没有这样痛痛快快地大笑过了。

总之，我和母亲对这次马戏表演非常满意。演出结束后，在我们往外走的时候，马戏团的年轻演员们跑出来追上我们问是否喜欢他们的表演。我回答他们非常非常喜欢，于是他们兴奋地跑回宿舍。这些年轻人朝气蓬勃，有爱心，有创造力！看得出他们为这次表演付出了多少艰辛的努力和汗水啊！

就在几天前，我从市场旁边以及他们还没有安置好的大棚旁边走过时，看到他们忧心忡忡地坐在那里。天气炎热，周围是一望无际的草原、沙漠，这些年轻的演员来到我们这个人生地不熟的小地方。他们当时可能在想，会有人来看他们的马戏表演吗？会有人愿意花钱买票来看他们的表演吗？他们在这里的表演会顺利吗？表演会得到当地人的认可吗？

动物们在笼子里来回走动，身体剧烈地颤动着，它们都伸着舌头，被太阳晒得无精打采。我当时在想，难道这样的马戏团会表演出什么好节目吗？于是我今天特意来看看。本以为来的一定不是什么技艺精湛的马戏团，然而，出乎我意料的是，就是这样一个貌似凌乱不堪的“垃圾堆”上竟然长出了一朵奇异无比的艺术和创作之花！我心里感到由衷的高兴，甚至从哲理的视角来解释他们的艺术成就。

双胞胎

昨天晚上，在我和母亲已经躺下睡觉的时候，我们的邻居加利亚阿姨——一个精神矍铄、乐观向上的八十八岁老太太来了。每次在她女儿斯维塔上夜班的时候，她总是来我们家坐坐。没办法，我和母亲赶忙下了床，开始烧水煮茶招待客人。她拿来一大堆广告传单和一大摞《俄罗斯报》，这是她和她女儿每年都订阅的报纸。当母亲和加利亚阿姨讨论市场上东西价格的时候，我认真地浏览了一下报纸。在一张《俄罗斯报》的下面，我意外发现了一张每周的星座运势图。我大声地读着我未来一周的运势，大致的意思是让我不要大手大脚地花钱，要注意节俭。然后我又读了母亲的运势。这时加利亚阿姨请求我把她下一周的运势也读一下。她是狮子座的，于是我读道：“这一周您的桃花运旺盛，将有美丽浪漫的爱情发生，不要错失良机。”我和母亲捧腹大笑，可是加利亚阿姨一脸严肃，若有所思地对我们说：“你们笑什么？这可是关键的时机啊，无论如何都不能错过！万一出现这么一个人，我可不能放过，没准儿我也能像普加乔娃一样生个双胞胎呢！”

说完，她就像一个女王一样，高傲地站起身，在漆黑的深夜回家了。

帕夫利克

早晨，差十分十点的时候，母亲的好友打来电话说我们以前的街坊帕夫利克死了，今天将为他举行葬礼。在十点整的时候，送葬的队伍要把他送到我们这条街上，在他以前住过的房子前面举行告别仪式。

开始我并没有相信这是真的，因为帕夫利克在刚刚过去的周日，也就是 10 月 27 日还来过我们家。他是来借钱的。帕夫利克与我是同龄人，我们关系不错。他当过军官，是搞火箭发射的，不久前退役转业了。他一生中的最主要的爱好就是音乐，他曾经在管弦乐队里演奏，也曾在各种婚礼、葬礼和节日庆典上演奏。他也喜欢唱歌，在市军官俱乐部或者文化宫的各种音乐会上都演唱过。他会唱的歌不计其数，有的歌我连听都没听过。所有民歌曲目中的歌他都会唱，他最喜欢的民歌是《奥列霞》。帕夫利克在我们这个小城可以说是一个上帝赋予的天才演员。当然，他也和其他演员一样，喜欢喝酒。最近一段时间，他喝酒喝得比以前更厉害了，走路也开始打晃儿了。为了借钱买酒，他经常从城市的另一端大老远地赶到我们这里。他每一次都是借二百卢布，上周日来的时候也照常借了二百卢布。我记得他来的时候与往常不一样：表情严肃，穿着一身黑衣服，头脑也比平常清醒。而之前他来的时候总是情绪高涨，很活跃，总是多言多语的。上周日他来我们家的时候告诉我，他昨天刚刚参加了一个朋友的葬礼，而我在他来的时候刚刚从市场回来，花光了身上所有的卢布现金，甚至连一个戈比都没剩下，所以平生第一次没有借钱给帕夫利克。他坐了一会儿就走了，他说外面还有几个同伴在等他。但是，在快出大门口的时候他又返回来了，热烈地亲吻了我的母亲。这是上周日刚刚发生的事儿。怎么会刚过三天就要下葬了呢？！我想，他一定是从哪儿借到了钱，因喝醉了酒而死于心梗。

我马上打电话把这个悲伤的消息告诉了所有邻居，然后就骑上自行车去停尸所。还没走上两百米，就看见由一列灰色的“伏尔加”轿车和一辆大客车组成的送葬队伍迎面驶来，车窗的窗帘后面摆放着几个塑料花做成的花环——眼前的一切都再清楚不过了，这是为帕夫利克送葬的车队。于是我骑车跟在了车队的后面。

我们在山顶的格奥尔基教堂里为帕夫利克举行了安魂祈祷仪式。这是我从小就喜欢的一个教堂，它是用木板建成的，整个墙面都被涂成了蓝色。当地人通常在这里为孩子举行受洗仪式。阳光透过木板的缝隙照射到教堂里。今天也一样，教堂里的光线十分充足。

他的棺材不知为什么是盖着盖儿的。

在我们走出教堂之后，我对一个在教堂唱诗班里唱歌的女人说，他怎么会这么突然就死了呢？他在上周日还来过我们家呀。她问道：“他从你那儿借钱了吗？”“借了呀。”我说。

“也到我那儿去了，我借了他二百卢布。或许真不该借钱给他……”她说。

“是啊，他最近一段时间酒喝得太多了。可能是心脏承受不了了吧……”我说。这个女人表情惊讶地看了看我，问道：“您知道他是怎么死的吗？”“不知道啊！”我说完又马上问道，“他到底是怎么死的？”她沉默了一会儿说：“是被他的儿子杀死的。”我顿时感觉天旋地转了。

帕夫利克的儿子也叫帕夫利克，刚满十九岁。帕夫利克是一个人把孩子拉扯大的，因为他的妻子先是加入了一个什么教派，后来又进了精神病院。小男孩在十三岁之前还没有上小学，这是教派的规定。帕夫利克好不容易才把孩子从他母亲身边抢了回来。但是小帕夫利克最终也没有上完学，而是加入了一个犯罪组织，并盗窃了一家商店。帕夫利克用了几年的时间才还清儿子盗窃手机的赔偿款。后来，小男孩好像改邪归正了，据说，他在各种事情上都给父亲做帮手。而且不久前帕夫利克自己也对我们夸口说，他儿子想去参军，然后打算长期留在部队当合同制军人。那么今天却传来了这样的噩耗……接下来发生的一切更是不可思议，像做梦一样。墓地上突然出现了一个军队管弦乐队，帕夫利克曾在此乐队服过役。乐队的吹手们吹奏了葬礼进行曲，这戳中了在场所有人的心。帕夫利克的母亲卓雅阿姨哭得死去活来，趴在儿子的棺材上并咒骂着孙子。她的两个女儿，也就是帕夫利克的姐姐——塔尼亚和娜佳，把母亲从棺材上拽下来后自己又趴到了棺材上，也像母亲一样哭得死去活来。在场的所有人都哭了。他的亲人们不知为什么都哭着请求帕夫利克的原谅，都哭着说没有照顾好他，没有及时赶过来。从大家的哭号声中我明白了，儿子砍伤父亲之后就逃跑了，没有及时把父亲送去医院救治。帕夫利克是由于失血过多而死的，而本来是可以救治过来的。可是没有人关心过他，也没有人发现他的失踪。等大家找到他的时候，已经是四天以后了。他死亡的准确时间也没有人知道。

当他的墓地上方升起十字架的时候，我突然看到了他的死亡日期：10月24日。也就是说，他死于上周四。而10月27日，也就是上周日，他还来过我们家借钱，穿着一身黑色衣服，完全与往常不一样。当天他还去过其他邻居家，包括加利亚阿姨家和斯维塔阿姨家。他们也都是刚从市场回来，也没有钱借给他，尽管在此之前也总是借钱给他。后来，他们也对我说那一天的帕夫利克与往常完全不同。斯维塔阿姨说，他的灵魂早已经升天了。

或许来借钱的不是帕夫利克本人，而是他的灵魂？或许是他的灵魂来和我们告别并请求我们找到他正在流血的或已经死亡的尸体？因为第二天，也就是周一，他的尸体已在他的家里被找到了。

葬礼后的酬宾宴是在市场附近的小白桦饭店里举行的。一个体型瘦削的男人，也是曾和他一起在婚礼上演奏的音乐人本想说几句话，却因为悲伤过度而说不出话来了。所有人都在小声嘀咕着，说这是他最好的朋友。宴会后我走过去问他帕夫利克的朋友之中是否有谁在不久前去世了，而且是在上周六被下葬的。他很惊讶地看了看我说："没有啊，谁也没死啊，除了帕夫利克之外谁也没死。"

我回到家后开始回想帕夫利克最后一次来我们家时说过的话。我想起来了，他说他和他母亲不该从那个带花园的芬兰式平房里搬出来，不该换成两个一居室的赫鲁晓夫式[1]楼房，还说他特别想和母亲住在自己家原来的房子里，一出门就能看到鲜花盛开的苹果园。

现在我终于明白，当时和我说话的是他的灵魂。

一盆花

去年的整个冬天，我儿时的伙伴尤利娅都住在我们家。她已经没有任何亲人了：父母早就去世了，一年前她的丈夫谢廖沙也死了。3月3日是尤利娅的生日，我送给她一盆用塑料花盆栽种的鲜花。它已经开出了蓝色的花朵。在她没有回卡尔梅克之前，这盆花一直在盛开着。而在她回去之后，这盆花突然就衰败了，花朵耷拉了下来，叶子也变黄了。于是我把它拿到了外面，希望它能缓过来。后来我就把它忘了。过了一个春天、夏天和秋天，就在几天前我突然发现，尤利娅的那盆花竟然顽强地挺立在枯草丛中，花盆里竟然开出了一朵蓝色的小花。尽管已经到了霜冻时节，外面的气温已经到零下5℃了。我把花盆拿到了屋里，为它浇了水。但这个时候我却突然需要出门几天，于是我打电话给尤利娅，让她来照顾几天我母亲。她很高兴地答应了。今天，也就是星期

---

1 指赫鲁晓夫当政期间建造的标准式五层小户型简易住宅楼，居住面积小，结构差，质量低劣。——译者注

一，她就应该来了。就在昨天，也就是星期日，我发现那盆花突然盛开起来了，一朵朵蓝色的花儿绽放开来——赶在尤利娅来之前盛开，准备迎接自己的主人。

乔尔内什

当我和母亲在军官俱乐部看音乐会的时候，我们家的一只老黑猫乔尔内什死了。它直到死之前还一直坐在我身边，我一直在抚摸着它。它从早晨开始就不太舒服，咳嗽，流鼻涕，呼吸困难，但是后来我就去忙别的事儿了，等我忙完回来一看，它已经不在那里，我找了找，发现它已藏到我房间里沙发对面的电视机的下面，就在那里躺着不动。我以为它躺一躺就会好的，但是，在我们看完音乐会回来之后，我到沙发对面看了看它，发现它已经没有呼吸了。于是我把它拿到外面，暂时埋到了花园的雪地里——夏天的时候我们刚在这里建了一个游泳池，把它埋在了邻居家的栅栏旁边。今天已经解冻了，应该把它重新安葬个地方。我记得它活着的时候曾是一只又大又漂亮、年轻力壮、光彩夺目的猫。它是一只双耳上长着一撮白毛，像扎着一对蝴蝶结一样的黑猫。可是现在我能回忆起来的却是一只病猫，一只宛若一个瘦骨嶙峋的小老头的老猫。它治好了家里所有成员的病痛。如果有谁感到哪里疼痛，它就一定会走上前去，躺在你疼痛的位置上。我记得不久前，它和另一只年轻的母猫卡佳一起坐在沙发上，它对着卡佳的耳朵喵喵地说了些什么，这时小母猫就像一个姑娘一样对它笑了，它也笑了。它的这个样子永远地印在了我的脑海里。它活了差不多有十年了，要不是闹了这场病，或许不会死的。我的好友尤利娅当时对我说，应该给它打上几针抗生素，但我却没有给它打，因为我不想让它疼痛。的确，我没有想到它生病之后会这么快就死去。

虽有遗憾，但它毕竟是回到了猫的天国，不再受世间之苦了。

回家

2 月 5 日，我的母亲玛利亚·萨维尔耶夫娜·瓦西连科去世了。我没有来得及从莫斯科赶回来见她最后一面。我的好友尤利娅住在我家里陪护她，她告诉我，这一次我母亲是在凌晨两点，也就是一天中最冷的时候（零下 27℃）从家里出去的。她最近一段时间患上了夜游症，每次夜游往出走的时候总是说："回家！"她每次都是把东西收拾成一个小包裹背在身上往外走。我总是拦住她不让她出门。这一次，她走到旁边的楼前摔倒了。陪护她的尤利娅醒来后急忙去四下寻找，后来跑到外面，发现我母亲躺在雪地上。她给急救中心和紧急事务部都打了电话，但是救护车没有来，紧急事务部的人员一个小时之后才赶到。这时我母亲的身体已经冻僵了，因为她出去的时候没有戴手套，只穿着一双拖鞋和一件轻薄的外衣。紧急事务部的人员把她抬进屋里，放到了地板上。早晨我打电话的时候尤利娅说妈妈的状况不太好，于是我给社区人员打了电话，她叫来了急救车。但社区人员说我母亲只是有些轻微的冻伤，而且我们当地的一位经验丰富的外科大夫告诉她我母亲没有生命危险。所以我并没有急着坐飞机回来，而是买了一张火车票，坐了一夜的火车，就这样错过了与母亲的最后一面。实际上，我母亲是因为摔倒导致肠道旁边的血管破裂而造成了血栓，最后造成了肠道血管的阻塞。母亲生命的最后时光是在医院里度过的。她走得很安详：那天晚饭后护理员给她换了尿布，就让她侧身躺下了，她一直呼吸正常，却毫无征兆地突然停止了呼吸。她离世的时间是2月5日19点20分，而我的火车到达伏尔加格勒的时间是2月6日8点25分。我刚坐上回家的小公共汽车就接到社区人员打来的电话，她说我母亲已经去世了。我们把她葬在了村庄墓地的中央大道上，她的墓穴与她的好友尼库琳娜·佩拉格娅·库兹莫夫娜的墓穴并排在一起。我的母亲三十年来一直在照料着这个墓穴，也一直对我说，如果她死了，要把她葬在她好友的旁边。军营靶场的将军帮我操办了母亲的葬礼。来参加葬礼的有几大客车的靶场军人，有人送来花环，吹奏乐队也来了。我母亲早就说过，希望她下葬的时候能有吹奏乐队来为她送行。一切都如她所愿。葬礼后的酬宾宴也是在“小白桦”饭店举行的，她非常喜欢那里的馅饼，而且也说过希望她死后的酬宾宴在这里举办。我们在山顶上那个四面墙壁都被粉刷成天蓝色的格奥尔基教堂里为母亲举办了安魂祈祷仪式。神父满怀深情地为我母亲主持了仪式，为此，在仪式结束后我专门去感谢了他。他说，我母亲是一个值得尊重的人，她是卫国战争的英雄（在她棺木的小枕头上放着她的一枚勋章和一枚奖章），所以为了表达对她这一代伟大英雄的感激之情，他怀着无比敬仰和感恩之情为她唱了安魂曲。战争期间，我母亲曾是一名游击队员，她被敌人抓住，经历了严刑拷打，也曾在罗斯托夫州的米列罗沃市的监狱里坐过德国法西斯的牢房。

1943 年，我母亲从被俘的德国法西斯监狱中逃了出来，沿着二月里冰冷的罗斯托夫大草原徒步走了一百公里才走到位于“红霞”农场的家。如今，又是在寒冷的二月，我母亲又踏上了“回家”的路。她在临走之前对我的好友尤利娅说她想去找自己的母亲。说完又补充说，不是后母，而是自己的亲生母亲。她的亲生母亲在她十一岁那年就去世了，后来是后母抚养了她。现在她终于找到了自己的亲生母亲。

如果她活到 2 月 22 日，就满八十八岁了。愿她在天堂里安息！

大鹅科沙

昨天，6 月 22 日，星期日，我们家雪白如神话般美丽的大鹅科沙死了。

最近这两天它完全打不起精神来，不爱吃东西，也几乎不喝水。我想可能是因为天气炎热和蠓虫太多的缘故。现在已经没有蠓虫了，科沙开始往花园里走了（此前它一直因躲避蠓虫而藏在自己的窝里）。前天已经很晚的时候，我在苹果树下离它的窝很远的草丛里找到了它，于是我把它赶回自己的窝里。而昨天晚上我出来给它喂水也想顺便把它赶回窝里的时候,发现和我一起出来的狗突然一动不动地站在那里，这时我才发现，科沙已经一动不动地躺在小道旁边，它的旁边坐着一只小刺猬。刺猬因为怕狗，迅速地躲开了。

我本以为是刺猬伤到了大鹅，于是开始检查科沙身上是否有伤。但是它哪里也没有伤，它只是死了。科沙看来是老死的（今年春天它已经满十八岁了），它是因为对今年二月去世的我母亲的思念而忧郁死的。

科沙的来历是这样的：在我母亲七十岁生日那天，她的妹妹玛琳娜送来了两个鹅蛋。于是我们把这两个鹅蛋放在了母鸡的身下，很快就孵出了两只小鹅，一只公的，一只母的。小母鹅没活多久就死了，小公鹅却活了下来，就是我们的科沙。母亲照顾了它整整十八年，每天喂它吃食，给它喝水，和它说话。每一次它都用浓重的喉音“嘎嘎嘎”来回应我的母亲，而母亲也对它说：“对对对！”他们就是这样相互交流的。它喜欢用自己的脖子缠住母亲的脖子，冲着她的耳朵说悄悄话，发出好玩的声音。它是一个很浪漫的、情感丰富的鹅。有一次，它爱上了一朵盛开着的白色百合花。看来这朵百合花让它想起了自己死去的女伴。它一大早就来到这朵花的旁边，趴在那里，不吃不喝，一整天都在欣喜若狂地看着它。

母亲离世之后它变得忧郁起来。我甚至有一天突发奇想地想给它买几只小鹅雏。就连昨天，星期日的早晨，我还打算去市场看看是否有卖小鸭子或者小鹅的。以前我们家养小鸭子的时候，科沙总是无微不至地照顾它们：一大早就跑到鸭笼子边上，长时间地在旁边守护着它们，每当我母亲放小鸭子们出来的时候，它就守在它们身边，不让乌鸦侵犯它们，还带着它们去花园的小水沟里洗澡。如果看到猫接近小鸭子们，就发出“嘎嘎嘎”的警告声。

我把科沙葬在了花园里。后来我对邻居拉娅开玩笑说，或许真该把它杀了吃肉。拉娅说：“你怎么可能杀它呢？它在你们家就像一口人一样！”今天我一天都在屋子里走来走去，心里很难受，思念着我的科沙。我想它一定是追着我母亲去了。我的另外一位邻居斯维塔本想着要把科沙接到她家里去过冬，已经给它专门盖了一个小棚子。五月份我出门的时候她照顾了科沙一段时间，她很喜欢科沙。我回来的时候她对我说："科沙是我的好朋友！"它也是我的好朋友。但是现在，我们的好朋友却不在了。

一个噩梦

我参加完各地区作家协会的论坛之后，从斯塔夫罗波尔坐上了回家的火车。我在车厢的上铺睡着了，做了一个可怕的梦。我和母亲（梦中她是活着的样子）好像是在卡普斯京亚尔老家的房子里。突然房子开始摇晃起来，外面的推土机发出轰轰隆隆的响声，房子的横梁已经冲着我和母亲砸过来。我马上跑出屋去看发生了什么事儿。我发现推土机正在拆我们家的房子。我阻止了他们。当我跑进屋里的时候发现，我母亲已被压在了板子下面，她在喊我。我把板子从我母亲身上挪开，发现她受伤了，浑身是血，但还活着。这时我突然惊醒了，火车像我梦里的房子一样在摇晃着，发出吱嘎吱嘎的声音。我对车厢里的同伴们说，我做了一个可怕的梦。她们说，你不要胡思乱想，一切都会过去的。这时我的手机响了，电话里的人说，你的几个最要好的作家朋友正写信举报你呢，你快回来看看吧！

哭泣

这件事大约发生在我母亲去世前的两个月。我在自己的房间里坐着，突然听到她在低声哭泣。当我正猜测她这次突然哭泣的原因的时候，母亲哭的声音越来越大了。最近一段时间，在经历了中风之后，她经常生我的气。只要我说错了什么话，她马上就落泪。有时她说了什么话，如果我没及时理解，她也会落泪。但是我总是马上请求她的原谅，亲吻她，于是她会很快平静下来，也能马上原谅我，恢复笑容。

想到这里，我马上跑到母亲的房间。她躺在沙发上痛哭流涕，瘦弱的身躯由于哭泣而颤动着，深陷的脸颊已被泪水沾湿。

我急忙扑到她身边：

“妈妈，亲爱的妈妈！你又因为什么生气了呢？”

“我不想死！”母亲说。

我开始安慰她，说她不会死的，说她已经越来越好了，已经能在家里来回溜达了，很快就能到外面散步去了……听了我的话，母亲哽咽着，开始时仍表现出不信任的样子，慢慢地，情绪平静了下来。而我坐在她身边，像拍小孩子一样拍着她入睡。

乡村墓地

昨天，母亲的生前好友玛莎阿姨来家里做客。母亲活着的时候非常喜欢她。她们两个每次见面都非常高兴，像亲姐妹一样。玛莎阿姨是最后一个见到母亲活着的人。她比我母亲小九岁，母亲一直把她当作年轻人。如今，这个年轻的玛莎阿姨也已经八十二岁了。我和她说话的时候了解到，她已经有两年的时间找不到我母亲的墓地了。我们卡普斯京亚尔的乡村墓地面积已经比原来扩大了许多倍。

于是我们决定马上一起去一趟墓地，告诉她我母亲墓地的位置。我们拿了锄头、耙子就走了。到了墓地，我告诉玛莎阿姨要走哪条小路。她每次都沿着小路向右走，而实际上应该向左走。玛莎阿姨先在自己的好友——我母亲的墓前唱了祷告文，然后才松了松土，把一个小土堆修整成了一个棺材的形状。她一边松土，一边用心地唱着祷告文。我们也为母亲的老朋友佩拉格娅·库兹莫夫娜做了祷告。母亲为她扫墓了多年，最后请求把自己埋在她的身边。我也满足了母亲的这个愿望。

为母亲扫完墓之后，我们又来到玛莎阿姨母亲的墓前。她的母亲活到了九十三岁零一个月。她去世的时间不长，是2000年去世的。她生于1907年，差一点儿就活到了百岁。她墓地的上方有一棵老金合欢树，旁边是一棵小金合欢树。

“就这里吧，将来就把我葬在这棵小金合欢树下吧，我已经告诉过我的孩子们了。”玛莎阿姨对我说。在我们往回走的时候，我想我们还会路过我母亲的墓地的，但是我们却走上了玛莎阿姨常走的那条小路，也就是那条朝右方向的路，所以没有再路过我母亲的墓地。

这一路上，玛莎阿姨给我看了她的亲人们埋葬的位置。这里埋葬了她的大儿子的妻子，四十七岁就因癌症去世了；她的亲家——玛莎阿姨的女儿斯维特兰娜的公公和婆婆；她的外孙女阿廖娜，也就是女儿斯维特兰娜的大女儿，还没有活到六个月就夭折了……

我们沿着墓地的小路一直往前走，玛莎阿姨指给我看了几个墓碑和十字架：这里埋葬着我们门诊医院的医生，一个很好的外科医生，救过许多人。还有一个军人，已经晋升到中校军衔，死于一次军事演习。这里还葬着塔尼亚·维斯库比娜和她的父亲伊万，而她的母亲——加利亚阿姨已经九十多岁了，但身体依然硬朗。这里也葬着我母亲的另一个好友瓦莲京娜·列德克巴耶娃。玛莎阿姨说：“你还记得吗？她的背驼得越来越厉害，可是现在瓦利亚却躺在了这里。常言道：‘只有坟墓才能治好人的驼背。’而这里葬着的都是你们那条街的邻居，一个十字架挨着一个十字架的，整个查普科夫家族的人都离世了……”

玛莎阿姨在一块写着“少校切卡林”的花岗岩墓碑前异

常兴奋地对我说：“你瞧，我和你妈妈就是根据这块墓碑的位置找到佩拉格娅·库兹莫夫娜的墓地位置的，她就是你妈妈要求葬在她旁边的那个人。”

是啊，她怎么可能忘掉这个标志物——切卡林少校的墓碑呢！

我和她沿着尘土飞扬的村庄马路往家里走，她突然停了下来，一本正经地看着我的眼睛，非常坦诚地说：“你知道吗？我每次从墓地回来都很郁闷，可是今天我很开心，好像我和你妈妈玛莎真的像以前见了面一样！”

轮椅

今天我梦见了母亲。好像我用一个轮椅推着她在卡普斯京亚尔的大街小巷走着，正值春天，周围到处都是苹果园，鲜花盛开，她高兴地左顾右盼着。我和她说着话，突然发现她能听懂我所有的问题，而之前，在得了中风后，我说什么她总是听不明白，总是弄混时间和空间的概念。现在她却能听懂一切，对答如流。我在梦里极其高兴，高兴的是我母亲终于康复了。我们在一起走是那么快乐幸福。

这个梦曾经是现实。一年前我推着轮椅带母亲去了一趟储蓄银行。她一边贪婪地东张西望，一边嘴里念叨着：这里盖了一栋新楼，那里砍掉了一棵树，这里的栅栏刚涂了油漆……令我惊讶的是，她的记忆力突然恢复了，而在此之前，她待在家里已经什么都不记得了，也好像什么都听不懂了。我们回到家之后已经累得筋疲力尽了，可她却说，能出去走走真是太好了，真想再这样出去走走。但我再也没有这样的机会了，因为母亲已经离开了我。

就这样，我做了一个梦。

但是早晨醒来的时候我已经忘了这个梦，又睡着了。白天的时候，我们的邻居——母亲的同龄人加利亚阿姨来了，看了看我装修的房子。她突然发现了母亲的轮椅，非要坐上去。我开始的时候劝她不要坐，后来还是让她坐了上去。她很高兴地安静下来。而我突然想起了今天做过的梦以及我们街道上盛开的花园和我的母亲——想起我和母亲两个至亲一起穿越这个鲜花飘香的世界，你一言我一语的，那种彼此心照不宣的、细腻的、无以言表的亲情是多么美好啊！哪怕是有一个人还在这个世界上，而另一个人已经去了天堂——这种血脉亲情是多么美妙、多么无与伦比的感觉啊！

不朽军团

今天我在兹纳缅斯克市（即卡普斯京亚尔）的列宁广场上加入了阿斯特拉罕州“不朽军团”的游行队伍。中小学生和大人们手里都举着卫国战争期间以及战争后牺牲的亲人的照片。

我手里举着母亲玛利亚·萨维尔耶夫娜·瓦西连科的照片。她在还是一个小姑娘的时候就在法西斯包围的土地上(即罗斯托夫州的博科夫斯基区）帮助过我们苏联的侦察员。德国人逮捕了她和她的姨妈哈里塔，并把她们关进了米列罗沃市的监狱。敌人对她进行了严刑拷打，而她的姨妈被敌人枪决了。我的母亲直到1943年才被苏联军队救了出来。一年前我还和她一起去参加了胜利日阅兵式，可是转过年的二月她就不在了。今年的胜利日，也就是今天，我带着她的照片在广场上参加“不朽军团”的游行。

我身边有很多人都举着自己父辈和祖辈的照片。仪式开始前，我们当中的许多人就彼此相识了，相互介绍了自己在战争中牺牲的亲人。一个站在我旁边的姑娘手里拿着自己祖父和外祖父的照片，他们的姓氏在我们当地很普遍——维斯库宾和布里亚科夫。她说，他们活着的时候一个住在农业街，另一个住在工业街。于是这两个人对我来说也成了亲人。

我们很担心穿过大街小巷游行的队伍会很乱，因为一次也没彩排过。但是当大家都举起照片往前走的时候，我感觉自己的脊梁自然而然地挺直了，一种神奇的自豪感和使命感油然而生。我们踏着清晰的脚步声走过了主席台，高高地举起了自己手里的亲人照片。后来有人告诉我，我们城市的“不朽军团”队伍是最气派的。

破碎的心

Разбитое сердце

娜杰日达·阿日季辛娜 著
王金玲 译

娜杰日达·阿日季辛娜

Надежда Ажгихина

娜杰日达·阿日季辛娜，1960 年 6 月生，记者、文学家、社会活动家。1976 年开始在《共青团真理报》少年儿童专栏“红帆”上发表文学作品。1982 年莫斯科大学新闻系毕业，1992 年于该校的文艺批评专业博士研究生毕业。曾在《共青团真理报》、《星火》杂志、《独立报》等多家媒体担任新闻记者，现为《新闻记者》传媒集团编辑。曾出版《好感心理学》《玛莎减去瓦夏抑或新的母系社会》《一切都会过去的》等长篇小说。

“玛利亚娜几天前给我来信了，我还以为她不会再给我写信了呢，也不会原谅我把埃尔卡送到了精神病院。她和马利克现在住在马尼拉，收留那些卖淫女，并为她们治病。马利克当上了收留所的经理。他们收养了两个女孩，一个叫玛利亚，另一个叫伊莎贝拉，都是菲律宾人，都不会说英语。她们的亲叔叔把她们卖到了东南亚的一家妓院，几乎和当时尼基季奇卖掉玛利亚娜一样。现在玛利亚娜和马利克已经收留了五个孩子，最大的是帕特里克，来自刚果，中学已经快毕业了，他想当一名大夫。维其卡说得没错，他一直对我说——放心吧，她会原谅你的。可我对他从来没重视过，也从没把他说的话当回事儿。日子就这么稀里糊涂地过来了，一转眼一辈子就要没了……”

“她怎么能和一个穆斯林人过到一起去？我真是不明白！”

“在我收留了玛利亚娜之后，维其卡就回到我身边了。他说，孩子需要有个父亲。后来他把自己的小女儿也一起带过来了。这两个女孩子相处得很好，那个小的后来也去从医了，在一家新开的产院上班，现在已经当上了麻醉师。好在我们那个‘肿眼泡儿’的市长终于把产院给建起来了，毕竟已经烂尾了十五年……你说，你也会指责我吗？我能有什么办法呢？你说我能把埃尔卡送到福利院去吗？如果不把她送到精神病院去，她早就因为醉酒而自杀了。她早就是一个不可救药的人了，要不然也不会被她的亲戚利用来贩毒啊，可到头来却把她给卖了，换了半公斤野生大麻。我当时也是没办法才把她送到精神病院去的呀！”

“玛利亚娜怎么能嫁给穆斯林呢！她忘了自己父亲是怎么没了的吗？她还如此固执，呸！”

“有一次埃尔卡的毒瘾发作了，就想用被单悬梁自杀。当时玛利亚娜和马利克已经去了印度。他们不是伊斯兰教徒，而信奉巴哈伊教，这是一种新的教派，于是他们离开了印度，在全世界游荡。玛利亚娜自从知道埃尔卡死亡的消息后已经有三年没给我写信了。马利克的姑妈在市场上有一个小摊位，我是从她那里知道了他俩的消息，知道了他们开始收养孩子的事儿。他们在肯尼亚收养了第一个女孩，并且强行对她进行了割礼，后来他们又收留了帕特里克……”

“宁嫁黑人也不能嫁穆斯林人，我的那个资本家儿子的出纳员嫁给了黑人，不仅体贴入微，还是个医术高超的兽医，甚至还会唱俄罗斯歌儿。而穆斯林的男人不会干活儿，我的资本家儿子就连招聘种植园的工人都不招穆斯林人，他只招越南人。我死去的妈妈要是知道自己唯一的外孙成了资本家的话，非气得在棺材里诈尸不可。她一直希望他能成为一名院士或者哲学家。以前每逢周末休息的时候，她都带着她的外孙坐电气火车去普希金博物馆听各类学术讲座。而这个利欲熏心的家伙现在却连一台新电脑都舍不得给学校买，这个畜生！你知道我生完谢廖什卡之后做了多少次人流啊！母亲一直坚持让我学习，她说，学习吧，女儿，只有学习才会有出息，整天与尿布打交道不会有什么未来……或许我真不该把他这个代表人类文明缺陷的家伙生下来……我现在也管不了他了，我们学校那些教师就更管不着他了，他现在根本不来我们学校的图书馆，更不要说拿钱给图书馆装修了。他却每天开着他老丈人的'雷克萨斯'送他自己的儿子，也就是我的孙子到学费很高的贵族学校上学。他老丈人是一个区的内务局局长，其实就是一个穿制服的黑社会。呸！"

柳巴无意中听到了坐在她前排两个女人的谈话。她刚一上小公共汽车就注意到了这两个女人。一个看上去气质非凡，脸上化着浓妆，发型讲究，手包昂贵，穿着一双舒适方便的鞋子，但很高档，是德国"Ara"品牌的深口休闲款。她的眼神坚定自信，看得出她是一个官员或者当地的女富豪。另外一个看起来明显要年长一些，没有化妆，头发花白且蓬乱，穿着一双破旧的胶鞋和牛仔裤，体态臃肿，背着一个小双肩包。她一看就是群众艺术节上那些想找回青春的退休人员。柳巴开始时不时地偷看这两个比自己年长一些的女人，偷听她们的谈话，仿佛联想到自己到她们这个年龄时的样子和未来不可避免的衰老。瞧，那个胖女人一定已经超过五十岁了，大概已经有五十三岁或五十五岁了。她看上去至少要比柳巴大上个十岁八岁的。那么，她自己再过十年会是什么样子呢？十年后她会在哪儿呢？会和谁一起生活呢？她身边的朋友会是谁呢？

这时，小公共汽车在拐向萨文斯基公路之前的一个红绿灯路口，也就是在婚姻登记大楼前的一个街心花园旁边停下了。花园里有孩子们在玩耍，婚姻登记大楼的台阶上，有一个少年打着电话，情绪激动地比手画脚。枝繁叶茂的花楸树上，缀着一串串鲜红果子的树枝几乎触碰到小公共汽车的玻璃窗上。好在今天的会议取消了，她才突然决定来这里，没有任何提前计划，也没有告诉任何人，甚至连维拉也没告诉。现在她感到无比的自由！今年的八月简直是美妙离奇——天气不热，也几乎没有雨，家里不用开空调，免去了空调噪音的干扰。而这里——莫斯科的郊区，简直是天堂！真的难以想象，只需要坐上半个小时的电气火车——这里就完全是另一个美妙的世界……在这里正好可以静下心来厘清一下思路，思考一下即将开始的远行……想到这里，柳巴暗自高兴，自己的这个临时决定做得再正确不过了！

这时有人敲了敲小公共汽车的车门，司机打开了车门，一个年纪不小的女人动作迟缓地上了车。

“这里不该停车的，您应该知道的！”

“我知道，我知道，我只是着急去墓地。”

她身上胡乱地披着一条披肩，手里拿着一个脏兮兮的布兜子。一张瘦削而布满皱纹的脸毫无表情。难道是因为酗酒才这样的吗？

“我有免费乘车的社保卡。”

“我们车上不能用这种卡，”司机又打开了门，说，“您或者买票，或者等下一趟公共汽车。”

“我坐到墓地就下车了，去看看我死去的儿子，他是在阿富汗战争中死的。”这个女人尖声尖气地说。

柳巴掏出了钱包，本打算打开装零钱的夹层，但夹层的拉锁却被卡住了。

“别担心，车票钱我替她付。”“女官员”把五十卢布的纸币递给了司机，又转过身对这个女人说，“您到里面来坐吧。”

“谢谢你，亲爱的，我今天要到墓地去看看儿子，今天是他的生日……死在了阿富汗的喀布尔附近，只参军半年就死了。”

“您能按时拿到补贴吗？”“女官员”一本正经地问道，“前不久这种情况的补贴涨了。您把手里有的各种证件都带上，去养老金管理处，那里有专门的办理窗口。”

“我们现在要去看的人也是在阿富汗战争中死的，”那个背着小双肩包的“退休女人”突然说道，“他也是只在那里作战了一年就从坎大哈用锌制棺材运回来了。今天是他的生日。”

“那他是你们的什么人啊？你们是他的亲人吗？”这个年迈的女人问道。

“是我们的朋友，”这两个女人在迟疑了一分钟后几乎异口同声地答道，“是我们的中学同学。”“女官员”补充说：“他叫谢尔盖·帕弗利申。”

小公共汽车猛地加大了油门，飞速地向前驶去。

如今，外祖母去世已经有十年了，柳巴不经常来墓地看她，一年也就来个一两次。每一次来这里都没有赶上外祖母斯杰帕尼达·尼古拉耶夫娜的生日，因为她的生日正赶上学校的考试周。今天能来则完全是计划之外，对于她自己来说，这也是完全出乎意料的决定。但是相比于其他任何一次来墓地探访，这次的墓地之行对她来说是尤为重要的。这并不是因为柳巴的生活发生了什么变化，或者说在某些大事上她做出了什么决定，而是因为她以后终于可以安稳地生活了。正如她的外祖母斯杰帕尼达·尼古拉耶夫娜所说，她的生活即将变得平稳安定。她没有对任何人说起过这些年她来探访外祖母墓地的事情，既没有对维拉说，也没有对尚多尔说，更没有对自己的儿子和自己的父亲说过。这些年来，探访墓地一直是她心里对周围所有人的秘密，不过来探访外祖母墓地这样的事情又有什么可保密的呢？……

车窗外闪过她童年起就熟悉的那些地方——荒芜的田野外可见一个漂亮的萨文斯基教堂圆顶，不久前刚被粉刷成蓝色的（啊，教堂里瓷砖镶面的圣像壁画多么漂亮啊，那简直就是奇迹！去年她曾经带美国来的同事到过这里），紧接着一闪而过的是在被烧毁的医院原地上建起来的新的围产中心，这是市长赠送给当地居民的一个期待已久的礼物。为了建设这个围产中心，这里预先拆掉了所有的孤儿院和一个几代人都在这里出生的老产院，还有一座东方建筑风格的宫殿——这是五年前一个吉普赛商人在与当地的弟兄发生内讧相互射击而被当场击毙后留下的私人豪宅。这座宫殿式的豪宅后来被遗弃，里面的窗玻璃已都被打碎……再往前走就是这个区公交线路的主要站点——普尔舍沃村，这里有一个当地最大的贸易中心，建筑材料市场，还有一个比萨饼店……

她的外祖母斯杰帕尼达·尼古拉耶夫娜是一个具有坚定信仰的苏共党员，是苏联时期的优秀代表，可惜已经不在了……那么柳巴对外祖母的记忆是什么呢？她总是涂抹艳红色的唇膏，银白的头发总是盘成整齐的发髻，指甲上总是涂着同一个颜色的指甲油。她就是用这双精致细腻的手，快速地捏上几百个饺子放到冰箱里冻上，腌制揉搓着卷心菜（腌菜时柳巴总是帮她刨胡萝卜丝），擦着地板，还要签署党的会议纪要。外祖母在库兹巴斯煤矿上班，她是苏联第一位在这样艰苦的条件下工作的女性地质总工程师，或许也是世界地质史上在这样艰苦条件下工作的第一位女性总工程师。她出身于贫苦的工人家庭，之所以1938年被派到这个重要岗位上工作，是因为当时所有的老地质专家都被关押起来或者被枪毙了。对于这段历史她很少提起，却总是讲她下矿的那段历史。她要下到地下十五公里处——这是她每周一次的工作，每一次下井都面临着巨大的危险，她的眼角、耳朵以及指甲里都挂满了煤黑。但是她依然坚持着修指甲，涂指甲油。当时涂指甲油的只有那些从伏尔加河流域流放出来的德国女人或者来自乌克兰西部的乌克兰女人。此外，乌克兰女人还会做衣服。柳巴的妈妈当时在一所音乐学校上学，教她的是一名来自利沃夫音乐学院的女教授。这就是“二战”后的现实，外祖母当时被派往库兹巴斯煤矿工作……柳巴很后悔没有向外祖母了解更多的事情。这一切都成了历史，当时还是苏维埃的联盟计划时期，这一切都已经太久远了……外祖母是一个头脑清晰的人，是一个积极进取、奋发图强的人。在西伯利亚工作二十五年后和外祖父一起来到了一个村镇，在这里，她当上了党组织的书记，领导了20世纪70年代这个镇子的自来水和煤气的安装引入工作。她是怎么把这一切都兼顾得那么好的呢？我真的无法想象。

外祖父在得了心梗之后便瘫痪在床，这时柳巴才刚刚出生。她的父母都是地质工作者，都在北方工作，于是把小柳巴扔给了外祖母斯杰帕尼达·尼古拉耶夫娜来照顾……柳巴在四岁之前甚至一直管外祖母叫妈妈……而关于母亲的父亲不是外祖父弗拉基米尔·伊万诺维奇而是另外一个工程师的事情，她是在和萨沙离婚之后偶然从外祖母的妹妹那里知道的。她只记得他的外祖父弗拉基米尔·伊万诺维奇总是穿着一套条纹患者服，手里总是拄着一个小棍子，嘴上总是叼着一支烟，直到死也没能戒得了。母亲真正的父亲是另外一个在 1938 年因为那些老地质学家的案子受到牵连而遭到迫害的工程师。

柳巴的父亲证实了这个说法。他告诉柳巴，在外祖母去世之前他曾经问过她，这个男人究竟是谁。柳巴这个时候正在外地进修，回来时只赶上了外祖母的葬礼。父亲说，外祖母没有回答他这个问题，只是说不记得了。柳巴能想象出外祖母微微睁开眼睛，一字一板地说出“我不记得”的样子。她当然不会忘记这一切，只是不想说出来而已。她把这个秘密永远地带进了坟墓。

小公共汽车在下一个站点停下了。没有人下车，也没有人上车，所有人都是去墓地的，万一碰到有人半路上车，司机也是很遵守交通规则，停稳了之后才会开车门。

“你知道吗，我曾经想杀了你！”“女官员”突然出其不意地大声说道。

“我当然知道。”“退休女人”无关痛痒地说。

柳巴又一次不由自主地偷听了她们之间的令人费解的

谈话。她们竟然是中学同学！这是她无论如何也想不到的。

“我见到你的时候马上就明白了。我是早于你和他在一起的，我们之间是真爱，而不像你，依仗自己在警察局的关系跟他扯上了关系，也就是因为你爸爸是当地的警察，而他迫于在你爸爸那里有案底。我和他在一起完全是因为爱情。但我当然是做好了为爱情而战的准备的，你知道吗？我当时就像那些政敌之间搞暗杀行动的索菲亚·佩罗夫斯卡一样……我妈妈曾给我讲过她们的故事，她可是搞历史的。当然了，倒是不至于用炸弹，我当时只是拿了继父的剃须刀……是非常锋利的那种。我把它藏到了短裤里。”

“你真的拿了剃须刀？！”

“当然了，我是准备好要跟你决战的。但是后来咱俩在一次迪斯科舞会上竟然意外发现了埃尔卡和谢廖沙在一起，他们在舞台后面亲热。是我们两个一起抓住的，你还记得吗？趁着他去唱歌的时候，咱俩一起收拾了那个荡妇，她拼命地大喊起来：‘你们不要碰我，我怀孕了！’我当时不知道我也怀孕了，是谢廖沙的……在我知道怀孕之后，马上就去做了人流。后来也不知道又做了几个……”

“而我却没有怀孕。于是我跑去找维其卡了，他早就追求我了。当我突然发觉自己不对劲时，我赶紧去做了化验，我和他仅有过一次，结果却怀上了维其卡这个傻瓜的孩子！我当然去做了人流。在那以后就再也没有怀过孕。维其卡当时还以为我是做掉了谢廖沙的孩子，所以才娶了我。但是和他又能有什么好日子过呢？他就是个傻瓜，我们最终还是分手了。这是个既不会赚钱又性格懦弱的男人。我一直都想找个像谢廖沙那样的男人……后来维其卡又结了婚，生了个女儿。再后来，在我收养了玛利亚娜之后，他又回到了我身边。他现在身体不好……在经营着一个蜂房，整天和蜂蜜、蜜蜂打交道……”这时“女官员”打了一个很大的喷嚏，“你这是对蜂蜜过敏了，你知道吗？我们有多少年没见面了？有八年了？十年了？”

“我买了一瓶‘拿破仑’白兰地来祭祀他，”“退休女人”晃动了一下背包说，“今天毕竟是谢廖沙的诞辰日啊！顺便问一句，你和他喝过‘拿破仑’吗？”

“那还用说？当然喝过了！”

“那你们是在舞会之后喝的吗？”

“不，是在舞会之前！我父亲的酒柜里有一瓶XO，不知道是谁给他弄到的，谢廖沙跳窗户进到我家，我们把酒柜打开了……我父亲后来怀疑是自己的外甥干的，最终也不知道是谁偷走了他的白兰地……”

“而我们是在舞会之后喝的，在学校旁边的小花园里。在此前的一个月里，他都在对我说这个‘拿破仑’牌的白兰地，他说喝了这个酒就像上了天堂一样爽……”说完她大笑起来，然后又说，“我们今天也来喝点儿这个能让人上天堂的白兰地？”

“好啊，已经十年没见面了！我们当然要喝点儿！”

小公共汽车停在了墓地的大门口。工作人员打开了墓地的大门，车开到了墓地的院子里并停在墓地的丧葬用品商店门前，那里有卖假花和花坛的，还有卖温室里培育出来的打了蔫儿的石竹花和小神灯的。几个卖货的女人都推荐买翠菊和花秧苗，这些秧苗在八月份已经很少见了。柳巴没来得及在火车站上买鲜花，于是快步地走进了商店。进到店里她一下子就被眼前盛开着的花吸引住了。这里竟然有“荷包牡丹”[1]啊！这是外祖母最喜欢的花啊！外祖母把它种在篱笆门的两侧，种在维什尼亚克夫斯基镇那座大房子的台阶前。它不如天蓝绣球和羽扇豆那样容易养，也不像万寿菊那样花期长和天竺牡丹那样坚韧，荷包牡丹很娇贵，花期短，凋谢得快，需要特殊的浇水方式和施肥技术，但是外祖母对它的喜爱不亚于她最喜欢的火红色的金莲（在莫斯科郊区，人们把它称为“热情的火”）。这种火红色的金莲常让她想起她挚爱的西伯利亚大草原和亚亚河，她曾一个人带着库兹巴斯第一个幼儿园的孩子们去过那里，这是波兰女教师——一个献身于教育事业的教育工作者玛利亚·梁戈创办的幼儿园，再后来又把柳巴的妈妈，也就是安格林娜送到了那里的少先队夏令

---

1 在俄语中，“荷包牡丹”这种花在开花时的形状宛如一颗破碎的心，所以本文的题目具有双关语义，以花喻人，暗指情感生活的波折起伏。——译者注

营……柳巴突然想起，她的妈妈也喜欢“破碎的心”这种荷包牡丹。每一次母亲和父亲出差回来的时候，柳巴都会长时间地坐在台阶前面的长条凳上，看着这个心形的花儿，用自己纤细的手指除去花儿旁边的杂草，想着自己的心事……妈妈的样子她很少想起，因为这些记忆留给她的都是思念和痛苦。母亲很早就去世了，还是在她和萨沙一起生活的时候，当时她的儿子弗拉吉克刚刚出生。动荡的20世纪90年代，商店里空空如也，电视上每天都是各种党派之争，各种图书和杂志在厨房的桌子上堆成了山，根本读不过来。最可怕的是，她当时就是睡不足觉，早晨睡不醒，白天在图书馆里做笔记的时候想睡，在地下餐厅排队买午餐的时候想睡，排队买需要放在粥里的儿童营养餐时想睡，一只胳膊抱着弗拉吉克和朋友们坐在桌前听着萨沙炫耀最近发表的各种文章时想睡，在所有人相互打断吵成一团时还是想睡……

在收到维柳伊斯克市发生事故的电报时，看到上面写着“父亲在医院里、母亲在事故现场身亡”的简短消息时，柳巴感到心如刀绞，像用尖细的织针扎进了胸口一样疼痛，她感到呼吸困难。好在外祖母刚好这个时候从维什尼亚克夫斯基镇上赶到这里，及时地拽住了她，她才没有倒下去。外祖母把弗拉吉克放进学步车里，然后叫来了急救车。直到这一切都结束之后，外祖母才缓过神儿大哭了一场。

在这以后，柳巴还有过一次心绞痛的症状——萨沙最后去莫兹多克那一次。尽管也没发生什么不好的征兆，而且在此事发生的三年前他们就已经离了婚……但是，在外祖母下葬的那一天，她的心并没有感觉到疼痛。她只感到心里空空的，是那种让她的心麻木不仁的空虚感……似乎这种空虚感从那个时候起就没有得到彻底解脱，而只是暂时地削弱下来，甚至暂时地被隐蔽起来，但是它就像嘴唇上长的火泡一样，早晚会冒出来的。

“买一盆天竺牡丹吧，它能一直开到十月份。”卖花的女人揣测着柳巴的眼神，试探性地建议道。

“我想要这一盆，多少钱？”

“是这个心形的吗？给三百卢布就卖了。我把最后一批灌木都刨出来了，要给新温室育苗腾地方。我给您找个盒子装上吧，拿着会方便些。”

可是这个盒子却极其不方便，柳巴不得不又转身回到商店要了一个手推车，顺带又买了一个小铲子和喷壶。她用力地推起了小推车，精神饱满地走在墓地的主林荫道上。或许这一幕看起来并不那么协调：她穿着一双高跟鞋、一身“安妮克莱因”品牌的白色套裙，加上这个小推车。这个不协调的画面在她脑海里一闪而过，她对这一切都无所谓！这有什么大不了的呢？

不管怎样，她觉得能抽出时间来到这里已经非常知足了，不然，她可能真的找不出时间来这里了。临走之前她还有一周多一点儿的时间，可是有教研室的工作要完成，很多文件手续需要签字，还要把她所讲授课程的最新材料转交给维拉的博士生——让年轻的人才尽快成长起来吧！柳巴并不太喜欢这个年轻的博士生，这是个狂妄自大、尖酸刻薄的女生，但是学习上很刻苦，能够跟踪最新的研究成果并擅于在课堂讨论环节积极应用，不像有些工龄长的老教师那样不学无术，所以学生们都很喜欢她。刚得知柳巴要去巴尔的摩交换进修学习两年的消息，她就马上盯上了柳巴的教学岗位。好吧，就让她在这个岗位上锻炼锻炼吧！再说，这样也会让担任教研室主任的维拉感到愉快。毕竟维拉是她最好的朋友，她们的友谊从上学的时候就开始了，这么多年几乎是形影不离。奇怪的是，教研室里的所有人都一致认为柳巴两年后不会再回到这个大学工作了。可她自己又是怎么想的呢？

矗立在主林荫道两旁的椴树，因树冠巨大而几乎连在了一起，形成了一个绿色的拱形长廊，阳光只是星星点点地穿过叶子的空隙照在并不平整的柏油马路上，马路上现出一些斑驳的光点。时不时有些花草延伸到马路边上来。柳巴边走边回忆着这些花的名字——马路边上是一些自然生长的野花，最边上的是勿忘草、长春花，离路边远一点儿的地方长着款冬、艾菊、耧斗菜、柳兰……从前，她和外祖母一起参加过维什尼亚克夫斯基镇俱乐部里举办的花展，她们一起做了花的布景，并和参观者（都是镇上和别墅区带孩子来参观的人）分享了她们种花的经验。柳巴并不喜欢种菜，她总是能巧妙地躲开胡萝卜苗和黄瓜苗的除草和间苗劳动，却对种花情有独钟。春天的时候她总是数着日子，期盼着郁金香或者唐菖蒲根茎栽种的日子快点儿到来。在维什尼亚克夫斯基镇的那座大房子和外祖母一起生活时的那些漫长的夜里，每天写完作业，她都要阅读一些惊险小说，同时也读一些《自然与生活》杂志上关于世界各地盛产的各类植物的文章，想象着自己将来在亚马孙热带雨林或者非洲的热带丛林里做一个稀缺植物的研究者。五年级之前她一直住在外祖母家，在维什尼亚克夫斯基镇上完了小学，参加了少先队合唱团，每年的 11 月 7 日十月革命胜利日前夕，她都要和班级同学一起去莫斯科州的热烈兹诺多罗日内区参加盛大的儿童早场戏表演。他们先在市苏维埃委员会的大楼前集合排成数列横队，然后再一起步行去听音乐会和观看当地群众自发组织的歌舞表演。外面很冷，总是想上厕所，就不得不在厕所门前排队等候很久……

等到父母从雅库特回到莫斯科之后，她才离开维什尼亚克夫斯基镇回到了莫斯科。从那以后，她的生活有了新的节奏。她很快就融入了新的学校，有了新的朋友，似乎一下子忘记了村镇的生活。上八年级的时候，她们班来了一名新同学——她就是维拉。每逢周末，她都会去外祖母家，后来就和维拉、萨沙以及其他朋友一起去外祖母家。萨沙突然对巴拉希哈区的历史产生了兴趣，认识了一些来自库奇诺地区的地方志学专家，并开始和他们一起为安德烈·别雷的故居博物馆搜集资料，每逢星期六都去义务修复位于比谢罗夫斯基湖边的教堂，以前这里曾被当作仓库使用。当时萨沙突然决定改变博士论文题目——他曾经的论文题目很好，是关于白银时代的诗歌及其在当代文学中的反映的，但是他却坚决要把博士论文题目改成《安德烈·别雷的作品〈彼得堡〉中恐怖分子形象作为俄罗斯文学新主人公形象的原型》。他的导师不理解他为什么要改题目，所以他们之间产生了矛盾，最终导致萨沙放弃了博士研究生的学业，但这已经是后来发生的事了……现在，有很多游客来参观安德烈·别雷的故居博物馆，而被萨沙他们修复好的教堂也已焕然一新，像个玩具一样矗立在湖边。这个教堂已经有两次成为新闻媒体关注的焦点：第一次是20世纪90年代末有两个犯罪团伙在这里发生了恶战——“巴拉希哈”黑社会团伙和“诺金斯基”黑社会团伙在这里发生了武装冲突；第二是这座教堂里的一个快乐的神父西蒙被赶出了教堂，原因是他卖掉了教堂里所有圣像壁上的古木版画，后来这些古木版画用了几年的时间在整个区域搜集才被找回来，而且是用新的木版画换回来的……但是，这个神父并没有被送进监狱，而是被派到了一个边远农村的教堂里继续做神父。现在，比谢罗夫斯基湖边的教堂里又来了一位新神父，这是一个老成持重的、年龄较大的神职人员……

在她马上就要走到地方的时候，手机突然响了。

“早上好，我的甜心！”尚多尔的男中音从几千公里之外的另一个时区传来。

令她不解的是，他怎么会偏偏在这个不该打电话的时候打来了电话。

“早上好，亲爱的……”

尚多尔像往常一样，兴致勃勃地、一字一板地告诉她，周末前，也就是五一劳动节之前，他已经预订好宾馆。这个宾馆位于一个美丽如画的小湖边，因此叫作“小湖宾馆”，价钱不贵，而且景色宜人。他会把黄色的床单带到宾馆去，他刚刚在网上的折扣店买的，她一定会喜欢的。他说他十分思念她，已经迫不及待地等着她的到来。他现在要去训练场了，因为来了一个新教练，他们要一起给网球新队员们做一次示范课。总之，他很想念她，期待她的到来。

柳巴的情绪突然低落了下来。

他和当时的所有匈牙利人一样，是从中学时期开始学的俄语。不知为什么，他从来不和她说俄语，他的英语发音也极其糟糕，他自己也抱怨说他没有语言天赋。尽管如此，他还是一次也没有和她说过俄语……

她和尚多尔是在波兰举行的一次全球斯拉夫语教师大会上认识的。当时有来自世界各国的数百个研究东欧国家历史、政治、语言的学者参会，简直就是一个小型的巴比伦学术王国。他们两个人早餐时曾坐在一张桌子上。他是搞社会学的，是研究家庭观念问题的学者，任职于美国尼亚加拉大瀑布附近的一所私立学院。前不久他离了婚，他的前妻回到了布达佩斯。他的儿子是一名运动员，是美国国家棒球队的队员。他介绍自己就像找工作应聘时一样严肃，这让她感到极其有趣。后来他说，其实早在前一天晚上他就注意到了她，但是不知道该怎样接近她。尽管他外表上很帅气（所有与会的女同事们都会马上喜欢上他——高个子，一头与众不同的黑发），但实际上他却是一个相当不善于交流的人。柳巴有时觉得，那天早晨他坐到她身边只是因为他觉得自己该找一个漂亮女人罢了，仅此而已。他也不太了解当下的文学走向，以至于他们第一次在一起的那天夜里，柳巴为他讲述了当时最畅销的爱情小说《网恋的孤独》。让尚多尔最为惊讶的是，小说中的女主人公一穿上黄色内衣就会有满满的自信感。他几次问她这是什么意思。半年后，在她到他家里做客的时候，他送给她一件黄色睡衣。

至今，他们已经交往了三年，因为很容易获得各种学术会议出差的机会，所以他们总是有机会在不同的地方见面。尚多尔在柳巴的儿子——弗拉吉克休假的时候和他认识了，询问了他在剑桥大学留学的情况，于是他希望他的儿子将来也能获得奖学金去剑桥大学或者牛津大学留学，但是他的儿子暂时只对棒球感兴趣。维拉在第一次见到尚多尔的时候，就马上断言："你的机会来了。"这个男人不但长得帅，有副教授职称，还有美国国籍。维拉是一个现实的功利主义者，而且总是一语切中要害。

现在，她马上就要去马里兰州的巴尔的摩大学做交换学者了，她需要对一些事情做出决定。他们暂时约好每两周的周末见一次面。这叫什么？远程婚姻吗？这在当下很时髦，很现代，也很现实。很多人在四十岁之后都采取这种婚姻形式——各自独居，想见面的时候就见见面，相互之间不会感到厌倦。心理学家认为，这样能帮助夫妻之间保留彼此的依恋感和性生活的快感。在这方面尚多尔很有激情，看不出他已经是个快五十岁的人了。他对柳巴的态度也无可挑剔，一周打两次电话，关心她的工作，对自己的事情似乎也毫无保留地告诉柳巴。为什么说是似乎呢？或许他的身边，在大瀑布的家门口还有别的女人？也或许还有一个更年轻的生活伴侣可供他选择？未必！这不仅因为他所居住的地方是一个小城，什么事情都瞒不过别人的眼睛，还因为尚多尔在男女交往方面也是一个十分精打细算、舍不得多花一分钱的男人。就连送给柳巴的黄色内衣也是在网上买的打折货，买任何东西都一定要买打折的……

她终于走到了地方。墓地栅栏上的油漆已经掉皮了，回去的路上一定要去管理处交钱，让他们在下雨前给栅栏重新刷上油漆。外祖母、外祖父和母亲的花岗岩墓碑都是十分普通的（母亲的墓碑是郁金香形状的，这是外祖母在碑石作坊里找到的唯一一块形状奇特的石头）。墓碑的周围长满了多年生的鳞毛蕨、长春花，还有凋谢了的牡丹花和长满了杂草的花槽子。正好给栽种荷包牡丹——“破碎的心”留出了地方！她的高跟鞋对于种花来说当然是不方便的，她精致的指甲当然也要完蛋了！但这些都无所谓！柳巴脱掉了上衣外套，把它挂到了花楸树的一根树枝上，就忙活起来了。

半个小时后，她一边心满意足地看着自己的劳动成果，一边用湿巾仔细擦拭着自己满是泥土的双手。荷包牡丹——“破碎的心”让墓地看起来焕然一新、生机勃勃。还应该给墓地里的工人们一些钱，让他们给花浇浇水。

柳巴从小就喜欢把一切都弄得干干净净、井井有条，在外祖母的大房子里有时很难做到这一点，因为斯杰帕尼达·尼古拉耶夫娜是一个随性的人，常常因为和自己的“党员同事”聊天或者因为着急听广播节目晚饭后不刷碗或者不按时做晚饭，所以柳巴在埋头看书之后就只能嚼点儿面包干吃。她在把书分放到不同的书架位置时总是顺便把书上的灰尘擦干净，然后再编写书的检索目录。可是这一切都被萨沙搞乱了，萨沙经常会把一本厚厚的杂志随便塞到教科书的架子上，而把从西伯利亚带回来的百科全书这样的珍贵书籍胡乱地塞到妈妈喜欢看的侦探小说的架子上。这让柳巴很恼火，她总是尽量压住心里的火气，但是有时也因压不住而爆发出来。在他们短暂的共同生活中，她更是经常被气得发疯。萨沙不仅把鞋子放到桌子上，更让人感到气愤不已的是，他总是把东西扔得到处都是，还经常把他的脏袜子和孩子的内衣混在一起，对于柳巴提出的不满只是高傲地耸耸肩膀，理直气壮地说："这不是男人的事情，你愿意收拾就自己收拾去……"岂止这些！他还边抽着"首都"牌香烟，边聚精会神地阅读，根本看不到烟灰已经掉到了烟灰缸的外面。他的父母也和柳巴的父母一样，都是地质工作者，但是他们搞地质勘探的地点不是在俄罗斯北部，而是在哈萨克斯坦，后来又到了非洲。他们这对老夫妻非常活泼开朗，善于交际，更喜欢与朋友们在酒桌上推杯换盏……在柳巴和萨沙离婚之后，他们单独来看过柳巴和孙子弗拉吉克，特别喜欢带孙子去动物园，给他讲野生的狮子和羚羊的习性……他们是一先一后突然去世的，婆婆是在胆囊切除手术之后得了血栓死的，公公是因为心梗去世的，两个人死在了同一年……萨沙去了两次高加索地区，在参加第一次车臣战争之后他就完全放弃了博士论文，认识了几个人权捍卫者，和他们一起去寻找那些在战争中失联的人，去辨认士兵的遗骸，忙于参加集会活动……柳巴分别为公公和婆婆举行了葬礼，安排了葬礼后的酬宾宴……上帝啊，这一切已经是多么久远的事情了啊！这一切她都是怎么挺过来的呢？外祖母无论如何也坚持让她别放弃博士研究生的学业，为了维持生计，外祖母卖掉了家里的藏书。先是卖了“世界文学类”藏书，后来又卖了布罗克豪斯出版社出版的《百科全书》，这是俄国革命前出版的图书珍品……维拉，她最好的朋友，情如姐妹的朋友，总是陪伴在她的身边。对柳巴来说，她胜过自己的亲姐妹。她们两个人性格极其相像，只是维拉是一个意志更加坚定的人，她总是很清楚自己需要什么。她总是帮助柳巴出主意，帮助她遇事不慌乱，尤其在她离婚之前。准确地说，在他们的夫妻关系出现危机之前，他们三个人——维拉、柳巴和萨沙总是形影不离的，总是很和睦地在一个教研室里学习、研讨。但是在他们的夫妻关系出现问题之后，维拉就站在了柳巴一边，成了柳巴的主要保护者。

她将来到了美国没有维拉在身边可怎么办呢？当然了，可以通过 Skype 聊上几个小时，这要感谢信息技术的发达。但是这难道就是她所需要的吗？

维拉很了不起，嫁了两次，并且在三十五岁的时候已经生了二胎，现在这个女儿已经上小学了，丈夫是做燃气管道的管子生意的，对她宠爱有加。在维拉刚认识他的时候，他还几乎是一个穷光蛋。维拉总是说，女人是幸福家庭生活的主宰者——她说得对。柳巴也为之努力过。在外祖母去世后，她把维什尼亚克夫斯基镇外祖母的房子出租了，现在那里住着一个孩子多的大家庭，每个月的租金她都转给在剑桥大学留学的儿子弗拉吉克。在那里，如果仅靠奖学金生活是很艰难的。弗拉吉克学习很棒，很快就要获得法律专业的本科毕业证了，已经在准备研究生的入学考试，也选择了一个很好的硕士论文题目，是关于英国的外国投资保险问题。这一切也都要归功于维拉，她在教育部工作时，审时度势地为语言学校的毕业生争取到了去剑桥大学留学的奖学金，弗拉吉克就是这样获得了去欧洲这座科学小城学习的机会……在那里，他遇到了一对著名俄罗斯花样滑冰运动员的女儿，她也在剑桥大学的法律系学习。她的儿子弗拉吉克很快就可以成家立业了。而她也要开始新的生活。遗憾的是，外祖母没有赶上这样的好日子……到底谁是妈妈的父亲呢？为什么外祖母从来没有提过他呢？

这时，她的手机突然又响了。

“柳巴，我要退党！”话筒里传来父亲急促的喊叫声，“他们要给那个杀人犯立纪念碑！我已经在我们的支部会议上表态了，怎么能在雅库茨克给他立纪念碑呢？那里曾被他害死了多少人啊！我是从那里爬出来的，我目睹了那里有多少人被杀害了，我是永远不会忘记的……”电话里他开始咳嗽起来。

“爸爸，爸爸，你冷静点儿！莉玛和你在一起吗？”

“莉玛这个时候刚好去超市了，”他歇了口气说道，“她不让我着急，但是我必须得退党了，我和他们不是一路人，你明白吗？”

“爸爸，我今天会去你那儿的。你告诉莉玛，晚上我一定会去的。别忘了提醒莉玛把你最后一次的心脏彩超报告准备好，我出国走之前要带你去一趟巴库列夫心血管外科医院做一次全面检查。”

“好吧，柳巴，我跟你说啊，哎呀，她好像已经开门进来了，先不和你说了，亲爱的！”

在维柳伊斯克事故之后，柳巴的父亲治疗了很长时间，瘦了很多，得了两次心梗，已经不能再去北方搞地质勘探了。后来就在大学里讲讲课，给人家做做咨询，一段时间之后，让所有人都感到意外的是他入了党，开始参加各种集会活动。他以前的工作助理——莉玛在一次集会上遇到了他。莉玛的儿子刚刚移民到以色列的海法，她没结过婚，对父亲一直很崇拜。似乎她这辈子只爱过他这一个男人。对于父亲来说，没有比她更合适的伴侣了。莉玛做饭很好吃，一天为父亲量三次血压，提醒他按时吃药，提醒他按时听“莫斯科之声”广播中他最喜欢听的节目，总是陪着他一起去参加集会，也总是兴致勃勃地听他讲那些很久以前的地质勘探故事或者那些早已去世的、和他一起参加过地质勘探的同事。莉玛答应在柳巴走之后会经常给她打 Skype 电话，并为她看管房子。柳巴最后决定不出租这个房子了，而是留给儿子，万一弗拉吉克带女朋友回来也有个地方落脚，或者让维拉的大女儿去住，如果她想从母亲和继父的家里搬出来单独居住的话。

外祖母不喜欢柳巴的父亲，认为她母亲在事故中受伤并过早地离世都是他的过错。外祖母本来想让女儿嫁给另外一个出身于党的干部家庭的男人，可是我母亲却爱上了一个家庭贫困的大学生——一个被没收所有财产的地主家的儿子，而且刚从理工科大学毕业就跟随他匆匆地到寒冷的雅库特去了。母亲曾因为父亲怀疑她感情上的不忠而大哭过，柳巴模糊地记得，她也怀疑过父亲的不忠，在从别人的信中得知父亲和一个护士发生了婚外情之后，她迫不及待地跑到了维柳伊斯克。柳巴的母亲对她父亲的爱似乎远远胜过爱她这个女儿，所以才给她起了“柳巴”这个名字，意为“爱的结晶”。但是柳巴极不喜欢这个名字，上小学的时候甚至请求人们叫她格里娅，也就是与妈妈的名字安格林娜一样的小名。在笔记本名字的位置上，她写上了“柳巴——格里娅”。后来萨沙向她解释说，柳巴这个名字取自勃洛克深爱的女神的名字——柳博芙·德米特里耶夫娜，她也应该是他的女神。有一次他们家来了很多客人，他就恳求她穿上外祖母的厚丝和薄天鹅绒布料的连衣裙，坐在灯罩下，让客人们看着她的侧影，当时他还为她拍了很多照片……但是这一切都发生在弗拉吉克出生之前，而后来的一切都变了……天啊，难道这一切都曾发生在她的身上吗？

她突然想起了他们面积很小的厨房，烟味儿和咖啡味儿混在一起，罐子里永远不变的面包干，扔得满地都是的课堂笔记，蓝色的茶壶和两个带把的、画着豹图案的杯子——这是公婆送给他们的礼物。这一切竟然都保留在她的记忆深处！尽管她曾想把这些情景都从自己的记忆里抹去，似乎可以用橡皮擦把这一切都擦掉……但是他们到底是因为什么离的婚呢？是因为在她陪同弗拉吉克住院的时候他纠缠了维拉？是因为弗拉吉克正发烧时他骂她为弱智的母鸡？是因为萨沙去了索洛夫卡研究那些被枪决的人的考古碑文？是因为他的脏袜子放到了孩子的连脚裤的盒子里？是因为他没有钱？是因为他越来越热衷于政治而到头来却对政治不闻不问了？还是因为那些车臣人、女人和无家可归的孩子？他们不断地到她家里来过夜，却对她和弗拉吉克毫不在意，把他们当作无声无息的家具，而到他们家里来就像回自己家的土坯房一样随便。她无法回忆起他们究竟是因为什么离的婚，也不想再去回忆。她不想记住那些委屈和可怕的孤独，不想记住那些让她不想活下去的恐惧，也不敢去触碰一下子完全解脱的想法……对于自杀，她甚至想了几个昼夜（那时萨沙已经很少回家）。在极度的恐惧之中，她跑到睡着了的儿子的小床前，用力地紧紧抓住了小床的床板，以至于手都感到了疼痛——不，她不能死，她应该活着，应该守护着她的孩子，除了她还有谁会照顾她的孩子呢？……那一刻她突然明白了：她应该尽快结束他们之间的婚姻关系，否则她就要坚持不下去了，而且会做出傻事。在办理离婚手续时他没有来现场，而是派一个车臣族的小男孩送来他的离婚申请，上面写着他对离婚没有任何反对意见。法官在看到满脸倦容的柳巴和她怀里抱着的弗拉吉克以及那张被弄得脏兮兮的申请之后，很快就做出了离婚的判决。

外祖母对她离婚的消息没有做出任何回应，后来每一次都十分支持柳巴和博士生同学一起去美国参加青年学者见面会的想法，而且把弗拉吉克接到了自己那里去照顾。听她讲美国人的故事时外祖母总是摇头说："20世纪30年代，我们这里也来过美国人，他们在我们那里建造了一个工厂。他们当中很少有人会说俄语，当时他们有个翻译，后来被逮捕了，'二战'后才出了监狱……"

"我有可能会说嫁就嫁了，可能会嫁给一个美国人离开这里，你会和我一起走吗？"柳巴笑着问外祖母，"美国也有共产党员，只不过那里更多的是托洛茨基派的共产党员。"

"不管走到哪里你都是要回来的，"外祖母语气坚定地说，"你是一个对爱情专一的人，怎么会突然产生嫁给外国人的想法呢？"

不知为什么，外祖母从来没有对她讲过爱情，只讲过她的亲人、同事、被流放的人、自己的童年和少年时期的共青团，还讲过在矿井工作时那些无眠之夜，讲过别人的命运和悲剧，讲过柳巴的外祖父被逮捕的过程，还讲过她的弟弟作为内务部人民委员会的上校是如何帮忙救了外祖父。一年之后外祖父就被放了出来，要不然外祖父作为一个老知识分子的儿子，在发生事故之后也会被流放到很远的地方去。是的，柳巴的外祖父是矿场主的儿子，会拉小提琴，经常唱的一句歌词就是“我愿意用我所有的钱换回我的工程师爸爸……”于是外祖母经常对柳巴说：“要及时地对自己最爱的人说出最重要的心里话……”她的这句话是什么意思呢？她最爱的人又是谁呢？

柳巴真正的外祖父是谁呢？谁才是母亲真正的父亲呢？难道是那个被迫害的工程师吗？难道也像她的弟弟一样是苏联内务部人民委员会的人员吗？还是党的积极分子？反对派？抑或是一个反对派的鼓动者？也或许是一个普通的矿工？让她记忆犹新的是，外祖母的那些久远的三十年代的照片都藏在一个老箱子里，当时的外祖母抬着高傲的头，目光炯炯有神，戴着一顶精致的圆帽……她究竟从外祖母的基因组中遗传了什么呢？又从那个不为人知的真正的外祖父身上遗传了什么？她对过去的事情了解得太少了！可是现在，对于谁是他真正的外祖父这个秘密她已经无从得知了，这对于外祖父来说是多么不公平啊！

“一年之后一定要去一趟安热罗-苏真斯克市[1]！”她突然大声地脱口而出，就连她自己也对说出来的话感到震惊了。

于是她在心里暗自下定了决心：“我一定要去一趟那里。夏天，放暑假的时候。”想到这里，她的脸上露出了微笑。

这时她的手机又一次响起。

柳巴不耐烦地看了看手机屏。但这只不过是一条短消息，一条关于巴尔的摩工作日已经开始的消息，这是她提前设定的闹铃提醒。

以前没有智能手机的时代，人们是怎么生活的呢？人们之间完全没有联系，需要跑到自动电话亭去打电话，或者去邮政总局排队等候很久……这一切都是不久之前的事情，人们曾经就是这样生活的呀！可是现在呢？过去的所有不愉快和不方便竟然让人忘得如此之快……

从巴尔的摩来了一条消息——她的机票信息已经发至她的邮箱，请她尽快确认。

柳巴抖落了一下上衣，小心地把小铲子和喷壶装到盆里，尽可能不再弄脏手，然后小心翼翼地朝墓地的大门口走去。

在墓地大门附近的长条凳子上，她见到了两个女人，正

---

1 俄罗斯克麦罗沃州北部的一座小城，位于安热罗河岸，始建于1897年，这里是俄罗斯最早的煤开采中心。1915年安热罗和苏真斯克地区90%以上的煤都产自这里。这里曾是柳巴的外祖母和外祖父工作的地方。——译者注

是和她同车而来的那两个女人——一个是“女官员”，另一个是“退休女人”。她们两个一番拥抱之后坐在那里，满脸通红，都已经喝成了半醉的状态。两个人在半醉半醒的状态下盯着远方看，仿佛在目光所及之处她们看到了什么或者看到了谁。两个小塑料杯孤苦伶仃地放在凳子上，凳子下面的草地上平放着一个300毫升装的“拿破仑”白兰地酒的空瓶子。

“这两个女人像亲姐妹一样。”柳巴突然想到了什么，于是她拿出电话，给维拉打了过去。

“你那儿还保存着萨沙的文件夹吗？就是那个关于‘彼得堡’的文件夹？”

她的女友一时不知所措了，半晌之后才反应过来。

“还保留着呢，”维拉停顿了一会儿说，“你怎么知道他的东西在我这儿？”

“他在去莫兹多克上飞机前给我打过电话，说如果我需要的话，就到你那里去取。”

“他原话就是这么说的？！”

“是的，就是这么说的。你明天把它带过来吧，我想把它带走，或许能在那里发表呢，我的意思是在美国发表……”

“那好吧……我从那个时候起就一直没有打开过。你告诉我，他在起飞之前真的给你打过电话吗？”

“是的，我自己当时也很惊讶。”

“我明天会给你带过来。”维拉说完就挂断了电话。奇怪的是，他当初为什么把材料留给了维拉？

奇怪的是，过了这么多年她竟然能一下子想起他们之间所有的事情……她的心里油然而生一种早已被忘却的醋意……这一切都再清楚不过了！这就是说，她的心里仍然惦记着他。但是她为什么以前没有去看看这个文件夹呢？是的，应该把他的东西发表，她一定会这么做的！

现在柳巴突然感到心里轻松愉快起来。她现在已经知道接下来该怎么做了……

柳巴甚至没有发觉她已经走了一站地，也没有发现她的凉鞋的后掌已经走掉了，地上的沙子已经磨破了她的脚趾，也没有发现第二辆小公共汽车也已经从她的身旁过去了，而要走到公路上能打到出租车的地方至少还要走上一公里，甚至是一公里半。

她走在凹凸不平的道路上，面带微笑地憧憬着未来的新生活，憧憬着她自己选择的新生活，以及她还无从得知结果的新生活。

一个大手大脚的女人

Растащиха

伊琳娜·维特科夫斯卡娅 著
王金玲 译

伊琳娜·维特科夫斯卡娅

Ирина Витковская

伊琳娜·维特科夫斯卡娅（曾用名伊琳娜·列维娜），1959 年生于坦波夫市。1985 年毕业于莫斯科国立文化大学坦波夫分校。2003 年转入莫斯科工作。2016 年在时代出版社出版了处女作长篇小说《一个红头发的和一个绿头发的》，该作品在多伦多获得海明威国际文学奖，作者因此获得 2016 年度“21 世纪最受欢迎作家”称号。其爱情主题作品——中篇小说《米歇尔的爱情故事》《我和爸爸及其身边的人》和《短篇小说集》共同构成了爱情小说三部曲。她的作品充满了抒情和浪漫、快乐和痛苦，表现出作者对主人公的信任、理解和包容的态度。

参加这个大手大脚女人的葬礼的人实在是太多了，好像全世界的人都来了。

奥里亚坐在一辆吱嘎作响的柴油大客车上颤抖着。她想，随着母亲的离世，她的最后一次恐惧——因不能好好地为母亲送葬而产生的恐惧感也会随之消失。她的母亲——这个乐善好施的女人，临死的时候兜里竟然一分钱也没剩下。她每个月的退休金三天就花得光光的了。所有人都劝她说，有正事儿的老太太们早都攒好了留给自己下葬用的钱。可是她对于这些劝告只是稍加思考，然后就挥挥手说："人们总会有办法安葬我的……"而且总是满不在乎地说："总不能把我丢到马路上吧！"

可是她对于自己死时穿什么衣服却很在意。每次外孙女们来家里做客，当大家都围坐在圆桌上喝茶的时候，她总是一头钻进浴室里换上那身衣服：上衣、裙子、围巾以及那双样式特别的矮靿便鞋。穿好之后就啪的一声躺到床上！把双腿伸直，脑袋平躺，两手放平，一动不动地问：

"这身衣服看起来怎么样？是不是更好看？那件黄灰色的裙子我已经给米克拉夫娜了。"

妞塔像第一次看到这一幕时一样，吓得被热茶呛住了。

而她的母亲却极其喜欢这样的场景：她不断地更换着自己包裹里的衣服、围巾，而且也不觉得这样做有什么不好。这有什么可怕的呢？或许你的日子已经的确不多了！

与女儿们不同的是，母亲一辈子都胆子大，什么也没怕过。1943年她的丈夫在战场上失踪了，她成了寡妇。她的日子变得越发艰难……在农场里干活儿不给工资，家里还有6亩的菜园子需要种，两个半大孩子就不得不担负起给菜园子除草、浇水的任务。有什么办法呢？不干不行啊！大女儿奥里亚从很小的时候就开始帮家里操持家务，一直担负着家里的重活儿，从未停歇过。而小女儿妞塔干活儿的时候总是叫苦连天："咱们坐下来歇会儿吧……咱们喝点儿水吧……我饿了……"哪有工夫休息啊？要赶紧干完园子里的活儿，然后等妈妈下班回来，在妈妈把铁锅放到炉膛里的时候还要看着门。要是听到有人敲门，她们就得快速跑到门口去，这样就能阻止一些人进她们的家门。大人们有时一生气，跺跺脚就走了。而对于一些半大小子，她们就得拿起木棒子把他们直接赶跑，不让他们进门。不然的话，她们家马上就会一贫如洗。你稍不注意，就会有人坐到桌子前的凳子上，而这时她们的妈妈就会举起双手一拍，嘴里唱道：

"哎呀呀，是什么风把你们这些小伙子吹来了……和我们一起吃饭吧！奥里亚，妞塔，快拿几个勺子过来！"

奥里亚生气地把勺子弄得叮当响，然后挑出几个最旧的、已被磨出痕印的勺子出来，妞塔则坐在客人对面，强忍着泪水。她多想躲到一个角落里大哭一场啊，倒出自己内心的委屈——这些该死的“饿狼”会瞬间吃光桌子上所有能吃的东西，一个渣儿都不会剩的。可是你得忍着，得憋住泪水，眼看着他们用贪婪的手去抓食物，快速地咀嚼着并发出贪婪的像猪一样的哼哼声，而且还边吃边用拳头抹着鼻涕。你自己也该快点儿吃了，要不然就没有你吃的份儿了，你就要挨饿了……

对于这种事儿，责备母亲是没有用的，因为按照农村标准，她们家属于富庶人家：她们的父亲阿列克谢·米哈伊洛维奇·切博塔廖夫在“二战”前夕曾在集体农庄做过会计，牺牲后家里每个月能领到二百五十卢布的抚恤金。而一个普通的集体农庄农民每个月只有五十卢布的收入。可是她们……有谁见过家里的这笔钱呢？每个月5日的中午，邮递员都会把钱送过来，而午饭后村子里的一大帮女人就会纷至沓来，几乎把这二百五十卢布全部借走，甚至一个戈比也留不下。两个孩子十分气愤，又哭又叫，甚至喊出各种粗话，但是都无济于事——她们的母亲只是把两手一摊，就光着脚走了，她一边把劈柴分成堆儿一边说：“不要难过，孩子们……我们的日子还算过得去！”

奥里亚一再追问借出去的钱会不会还给她们，后来她也不再问了，问又有什么用呢？村民们拿什么还债呢？集体农庄只给农民支付那些有杂质的连国家都不收的粮食，即使有人肯还债，也至少要等到秋收的时候。即便有人偶尔能还上几个戈比，她们这个好善乐施的母亲也会马上再借出去的。

就是从这个时候起，在奥里亚很小的时候，恐惧感就在她心里扎了根。其实也不是心里，不，而是在肚子里的某个地方……在肚脐眼附近有一个圆溜溜的小疙瘩。她不是总能摸得到它，但她十分清楚，它就在那个地方……像一个肿块似的。这是由于恐惧而产生的肿块。只要妞塔一开始大喊："你就是个大手大脚的傻女人！傻女人！"她马上就完了！这个地方就像压了一块灌了铅的砖头一样，气儿向上串动着，一直串到胸部，堵到嗓子眼儿，让她喘不上气来。然后身体的各个部位开始颤抖，直到最后，全身都跟着颤抖起来。

姐妹俩无论如何也不能理解母亲的这种大手大脚的行为。

尽管如此，她们有时还是能赚到点儿钱。夏天她们在森林里能采到一些浆果和蘑菇，如蔓越莓、悬钩子、牛肝菌等。她们把这些东西拿到火车站去卖。下火车的乘客很愿意买她们的东西：两个小姑娘长得干干净净的，又懂礼貌，还长着漂亮的大眼睛。就这样，她们一个卢布、两个卢布地赚了点儿小钱。有时她们就在火车站买上两个小白面包。哎哟，她们实在是太想吃那种小面包了——哪个孩子不爱吃甜的呀……一个小面包让她俩分着吃掉了，而另外一个她们拿回了家给母亲吃。直到天黑下来，家里已经不可能再来什么人的时候，她俩才把这个小面包拿出来。母亲惊讶地哎哟一声，赶紧跑去煮茶——其实这哪是什么茶呀，不过是开水里放了一块方糖而已。母亲把小面包掰下来一小块，另外那块——她偷偷掰下的一大块，还是分给孩子们吃。就这样，她们就着热水吃完了这一个小白面包……孩子们多希望每天都能去火车站卖浆果啊，但是不行啊，那该死的菜园子还等着她俩除草浇水呢！

有一次，在站台的一个小摊位上，她们买到了一个她们梦寐以求的东西——镶着银边、背面有乌龟图案的小圆镜子。它是那么明亮、雅致，仿佛来自神话世界。她们在买回了梦想的同时也买回了恐惧。她们生怕把它弄碎了，甚至不敢经常去照照这个小镜子。应该把它放在哪儿呢？她们不知道。家里是绝对不敢放的——万一有谁带着孩子来了，她们那个大手大脚的母亲一定会翻箱倒柜地翻腾出来给孩子们玩的，家里的空心线轴、勺子、线团之类的东西，都会拿出来给孩子们玩，只要能让他们高兴就行。这个小镜子也丝毫不会例外，只要能让孩子们高兴，她连想都不想就会拿出来给孩子们玩的。

她们十分担心这小镜子的命运。

后来她们决定把这个小镜子放在妹妹妞塔的衣服兜里。母亲只给她一个人的花布连衣裙上缝了一个非常小的兜儿。

小镜子勉强装了进去，但是放在里面很紧实，镜子肯定是丢不了的。

但最终她们还是没能看住这个小镜子。

冬天，她们的姨妈从库帕夫纳镇来她们家做客，这是一个身材高大、表情严肃的女人。她在这里做客的一周时间里，晚饭前来家里的客流都不见了。她带来了很多礼品，包括水果软糖、饼干和克拉科夫香肠。此外，还有一包茶叶，煮出来的茶水是蜂蜜味和琥珀色的。孩子们在杯子上来回移动着手指，舍不得喝下这么美丽的茶水。姨妈为她们带来的最主要的礼物是两块颜色鲜艳的、带圆点的和带小花图案的花布。姨妈把这两块花布直接扔进两个外甥女儿的手里，说："让你们高兴高兴吧，孩子们！这块布既可以做连衣裙，也可以做个头巾……"又转身对她们的母亲说："冬天长着呢，闲着的时候正好给孩子们做两件新衣服。"

母亲去火车站送姨妈了，两个小姑娘从火炉墙边直跳到了箱子上：她们想把小镜子从裙子的小兜里掏出来，好把花布搭在身上放在近处好好照上一照，看看它适合做连衣裙还是做围巾。但是，屋子里却哪儿也找不到妞塔的连衣裙，更不用说小镜子了。

妹妹跳到了箱子的另一侧，脑袋钻进了放衣服的包裹，开始无声地抽咽起来，她瘦弱的小肩膀一颤一颤地抖动着……而奥里亚突然明白了早晨母亲姐妹俩谈话的意思。她那时在睡梦中听到母亲小声地嘟囔着，不知把什么东西强塞给了姨妈，姨妈却不同意拿。现在她明白了，母亲坚持把妞塔的连衣裙送给她们的表妹娜塔什卡，因为母亲实在不知道用什么东西来回报姨妈带给她们这么丰厚的礼物。

唉，这个大手大脚的女人啊！你怎么能这么做呢？以后的日子可怎么过呀？还有什么能指望上她呢？她是永远不会改变的，她大手大脚的毛病是无药可救的，恐惧症也一样是无药可救的。奥里亚蜷缩在地毯上的箱子旁边，倚靠在箱子边沿，用拳头使劲地压着肚子，极力地控制着自己的恐惧情绪，生怕这种颤动会传遍全身……这时她想起夏天妞塔抓住桌角痛哭流涕、不想离开祖父母家时的情景。母亲一开始还开着玩笑，后来就生气地拉起妹妹的手就走，边走边问她："这里到底有什么魔法让你对这个歪斜的小木屋这么留恋呢？"在这里他们和祖父、祖母一起睡在箱子和火炉墙边，而在他们的正房里摆着一张宽敞的、镶着玻璃珠的大床……

"他们那里究竟有什么呢？"奥里亚背靠在箱子上，心里琢磨着，"我只是知道那里没有什么……祖父母的家里没有恐惧感。"

是的，那里没有恐惧感。老人们，也就是父亲的父母虽然谈不上贫困，但生活得也并不富裕。早餐有时就只吃点酸黄瓜和面包。而且孩子们来这儿住的时候，他们只能侧着身和她们一起挤在火炉墙边……但是，只要有任何好吃的东西，哪怕是一块甘蓝的菜茎，一块石头形状的蜜饯，一块夹心的糖果，他们都要留给孙女们吃。当他们看到孩子们的小手去抓这些好吃的东西时，他们就无比高兴地沉浸在幸福之中……

这一次关于裙子和小镜子的事儿，她们什么也没对母亲说，再说母亲回来时已经很晚了。有什么可说的呢？说了又有什么用呢？怎么也改变不了她大手大脚的毛病。

一年之中的秋冬两季，母亲自己要去住在库帕夫纳镇的妹妹那里做客两次。女儿们长大一些之后，就根本等不到母亲出门带回来的礼品了。她一下火车，要穿过整个村子才能回到家。可以想象，她路过每家每户都要进去看一看——有的是远亲，有的是干亲。村里人哪个不是沾亲带故的？

当然了，她们也可以直接去火车站甚至车厢门口等母亲。但这也妨碍不了母亲回来之后还会挨家挨户地走上一圈儿。在这一过程中，姨妈给她们带回来的东西也就全都分光了。女儿们只能气急败坏地咬着自己的拳头。所以最好还是眼不见心不烦……

只有一次上天保佑母亲把礼物带回了家。这个大手大脚的母亲把一种孩子们从未见过的酥糖带回了家。它差不多有半个砖头那么大，外面包着一层粗糙的牛皮纸。两个小姑娘顿时发出惊叹的哎哟声。她们坐在桌子旁仔细地观察着这个神奇的礼物，惊叹不已。她们每人切下了一小块，放到嘴里马上就化了。于是又切下了一小块……她们决定要留着慢慢吃，能吃得长久一些，并决定每天晚上喝茶的时候才吃它，可以用它代替白糖。

可是，那个奇丑无比的柳德卡不知从哪儿冒出来了！她是她们的堂表妹……长得又胖又黑，头发蓬乱得像个熊蜂一样。而这时，她们正就着酥糖喝茶呢！看来，她的鼻子真够灵的……有什么办法呢？只好给柳德卡切下了一小块尝尝。嘿，别提她有多高兴啦！竟然围着这块酥糖转起圈儿来了！甚至把脑袋垂到酥糖上，闻了又闻，嗓子里发出像熊蜂一样低沉的嗡嗡声……也难怪街坊邻居们给她起了“熊蜂”这个绰号呢！

接下来，“熊蜂”竟然恳求在她们家里住下。奥里亚的心开始发紧，她的肚子又开始出现恐惧性的抽搐。她在心里一直在喊：“不！绝对不可以！”可是她们的母亲很高兴地答应了，并忙乎着为她准备东西，甚至把火炉墙边上最舒服的位置让给了她！

这时，酥糖已经用它原来的牛皮纸包好了，然后又在外面包上了一层报纸，它就这样在桌子上放着。

然而，第二天早晨起来的时候，酥糖就只剩下一些糖渣了。母亲和女儿们站在那里看着打开着的酥糖纸，都愣住了。而柳德卡却呼吸急促起来，她已经穿好衣服，包上了围巾，忙乱中勉强穿上了鞋。

“我们的酥糖哪儿去了？”妞塔两手掐着腰，冲柳德卡大喝了一声。

“什么酥糖？”“熊蜂”含糊不清地嘟囔着，“啊，你说的是这个呀……化了，真的……它已经化光了！它本来就是怕化的嘛……”说完抬起那粗壮的手指在空中画了一个圈儿。“哎呀，我得走了，回去晚了妈妈会骂我的！”她突然大声喊道，说完砰的一声摔上门跑了，从外面干草垛的位置传来了她的声音，“奥里亚，妞塔，阿廖诺奇卡阿姨，再见！”

“好在我们还尝到了酥糖的味道。”奥里亚深吸了一口气。而她们的母亲又哼起了那句：“别生气，孩子们。”说完就急匆匆地去她的干亲家母[1]帕拉什卡的家里办什么事儿去了。

两个小姑娘心情沉重地坐在桌旁，看着那张曾经包着酥糖的、被浸出深色油渍的皱巴巴的纸和粘在上面的糖渣，久久沉默不语。

“奥里亚姐姐啊，咱们有这样不会过日子的妈妈，好男人是不会娶我们的，只有傻瓜才会……”妞塔冷不防地开口说道。

奥里亚半天没有说话，只觉得肚子里开始痉挛，内心充满了恐惧和担心……这是对未来不幸生活的恐惧和对无法改

1 干亲家母，小孩的父母对孩子教母的称呼。—— 译者注

变这种不幸命运的担心。

……而现实真的让当年的妞塔说中了。两个小姑娘从村子里挣脱了多次，好不容易才挣脱到了城里。在邻村上完九年的学之后，她们都去了城里。姐妹俩嫁的男人都是放荡不羁的酒鬼，只有一点让她们解脱了——两个男人很快就都死掉了。姐妹俩每人只生了一个女儿……和这样的酒鬼过日子，谁还能多生孩子呢？她们一个在糖果厂上班，另一个在铁路上谋生。

她们的母亲却对什么都不在乎！她感觉自己的生活轻松愉快，没有丝毫的恐惧感。似乎女儿们已经替她承受了所有的忧虑。突然有一天她想出嫁了，可是嫁人也得看清楚嫁的是什么人啊！她竟然嫁给了瓦西卡·科兹洛夫，一个鳏夫，一个有十个孩子的父亲，一个尽人皆知的懒蛋。

“你们俩啊，奥里亚和妞塔，不要指责你们的妈妈，”她们在库帕夫纳镇的姨妈说，“她需要的不是瓦西卡这个男人，她只是可怜他的那些孩子……你们的妈妈年轻时就很漂亮，当年守寡时很多人给她做媒，她都没有同意，而这次，她实在是看不得那些孩子受苦。”

瓦西卡的孩子们的确像爱亲妈一样爱上了这个慷慨大方的后妈。特别是最小的——只有一岁的谢廖尼卡。也正是因为这个孩子，她们的母亲才在瓦西卡的家里待了那么多年。也因为这个小不点儿，她才忍受了这个男人手持木棍满村子对她的追打。而奥里亚在夜里常常会因为被碰撞而惊醒，常常能看见母亲被打破了头，血一直流到脸上……直到早晨，她都在房间里走来走去，吓得不敢睡觉。

但后来母亲的生活突然出现了转机：这个傻瓜男人完全精神失常了，几个小的孩子由瓦西卡的大女儿带走了，而奥里亚、妞塔以及她们的母亲都去了城里。她们用尽了所有的积蓄才在城市的郊区为母亲买了半间破得快要散架子的小房子，她就在那里住了下来……她刚过了一段平静日子，可是那个混蛋男人却怎么也消停不下来。他时不时地跑到城里，到她家的窗户底下挑衅滋事。母亲大老远就能闻到他身上的酒气，只要他在街头一露面，她就马上对外孙女们下命令："快躺下！"然后她也和她们一起躺到窗台底下的地板上。瓦西卡趴在窗户上往屋里看，透过窗帘和窗台上摆着的洋绣球花向屋里窥视，但什么也没看到，只好原路返回市场，从那里坐上回村子的大巴车……

但他最后一次来的时候闹出了很大的动静。可能预感到是最后一次机会吧，他竟然干出一件令人恶心至极的蠢事儿！开始的时候，他像往常一样叫骂着，说出各种不堪入耳的话，后来他竟然走到了马路中间，往窗户上扔了一样东西。可他扔的不是石头，也不是木头，而是山羊的头颅骨！双层玻璃被打碎了……奥里亚吓得瞪大了眼睛，后来怎么也忘不掉那可怕的一幕：在一大堆玻璃碎片上放着一个白色的羊颅骨。她当时已被吓得肚子里翻江倒海，喉咙也说不出话来，好不容易才跑到了外面……后来她一直呕吐不止，一直折腾到晚上，甚至吐出了绿色的胆汁，而内心的恐惧愈发强烈，无法控制……

这件事之后，瓦西卡很快就死了——他是因夜里喝醉了酒，撞倒在干草垛上，再没有醒过来。

而母亲所住的那条街——几乎是整条街的房子都被拆迁了。因此，母亲在一个新居民区的一栋赫鲁晓夫式楼房里得到了一个一楼的一居室。对她来说，这真是意想不到的好事啊！房间里明亮、温暖，最主要的是有从水龙头里流出来的免费自来水，愿意用多少就用多少的自来水！对于这件事，她白天黑夜地不知重复了多少遍,却怎么也不相信这是真的。

这一消息很快传播开来……于是整个村子里的人都源源不断地涌到她的新房子里。各种表亲、堂表亲、亲家、干亲家……还有科兹洛夫的孩子们。母亲把所有亲戚都叫来享用她家的自来水洗澡，还有那些路过这里和来市场卖东西的村民。然后她还要留那些因享用自来水洗澡而感到疲倦的人在家里吃饭,通常要把那个破旧的小冰箱里的东西掏个精光。最让人受不了的是，因为她不允许人们洗完澡之后再把脏衣服穿到身上，所以她还把自己的干净内衣都拿出来给洗过澡的人穿……所以那些脏的衬衣、衬裤从窗子飞到外面，就像成群的鸟儿南飞一样。

两个女儿已经懒得和她吵了。奥里亚的恐惧症现在集中于一个让人钻心的痛点上，并转变为永无休止的不安和沮丧：还差三天是发退休金的日子，她来到母亲家，看见她只吃面包干就着白开水，而这种状况已经持续了一周……可是她坐在那里有滋有味地吃着喝着，还时不时地嘿嘿笑着。至于她已经从邻居那里借了多少钱——最好不要问。她瞪着一双圆眼看着女儿默默地把吃的东西放进冰箱。她的眉毛稀少得像栅栏一样，嘴唇干瘪得像小圆筒一样，心里却暗想着："哎呀呀，客人马上就要到了！"她心里只要这么一想，客人们立马就来了。

她家的客流虽然不是马上断的，但最终还是断了。村子里的年轻人都纷纷去了城里，老年人从村子里也出不来了。母亲只剩下一件事情，那就是照顾两个学龄前的外孙女。她的两个女儿刚要庆幸自己的女儿终于可以在一个安安静静的住宅里长大，不用再忍受浴室的蒸汽，散落在走廊里的麻袋，头发梳得溜光锃亮的、用小碟子喝汤的老太太们，也不用再忍受母亲砸掉新房子的一个房间所带来的忙乱和闲言碎语，就发现事与愿违。

有一天晚上下班回家，奥里亚和妞塔突然发现屋子里不仅有自己的女儿，还有三个不认识的孩子——两个男孩和一个女孩。几个孩子都不吭声地趴在地板上铺着的一块罩布上，正在用木头和积木搭着什么。她们两个站在门口愣住了。奥里亚的恐惧症瞬间发作，抽搐很快传到了两条腿上，她打了个晃儿，顺势靠在了门框上。

“这几个孩子是你从哪儿弄来的？”妞塔大喊道。

“是孩子的家长送过来的，”母亲若无其事地回应道。“这个是谢廖热尼卡，”她抚摸着头发蓬松的金黄色小脑瓜说，“很像我的小儿子……”

原来，她带着两个外孙女出去散步的时候，在旁边的花园里认识了其他孩子的父母，听到人家抱怨说没人为他们照顾孩子，而且幼儿园也没有空额了，她顿时自告奋勇地提出：“让我来看他们吧，我家里有两个孩子，再加上第三个地方也够用！”于是第四个、第五个也来了。最多的时候达到了六个……钱当然没有收，这些家长只是给孩子们带了一些吃的和玩具。后来两个外孙女上学了，坐在房间里的大圆桌旁写作业时不得不受到这些孩子的叫声、笑声和打架声的干扰……不过，她们已经习惯了这一切，甚至还感觉很快乐。

再后来，外孙女们都长大了，那些孩子也不再来了……或许是因为母亲自己也没有更多的力气了。

但是她在家里怎么也待不住，于是她决定去一家自助食品店打工。食品店就在她家对面，占了整个楼的一楼，楼上是一个师范学院的宿舍。她的工作就是负责寄存处的包裹寄存。食品店的入口处有一个小角落，那里有一个小柜台，背后是一个挨着一个的标记号码的小格子。她每天的工作就是从顾客手里接过包裹，把它放到格子里，再把寄存的号码牌和一个食品购物篮发给顾客。一些素质低的人可能想借机偷点儿什么……所以他们随身带的包总是很大——那就试试看吧！这个大手大脚的老太太是绝不会让你们有半点儿机会的！

两个女儿很高兴，一是因为母亲找了个事儿做，二是因为不用愁买不到食品了。现在食品越来越难买到了。为了买到牛奶和香肠，人们要排起很长很长的队。自助食品店里的东西根本就不用卖，刚一放上货架，半小时就被一抢而空。而在外面排队等候的人黑压压一片，他们等候的时间要远远超过半小时。

对母亲来说这是近水楼台，她买了牛奶、香肠和长型白面包，然后她手拄着柜台向外张望着。她看到一个大学生进来了，一副瘦骨嶙峋的可怜相。他还戴着眼镜，或许是个斜眼的。“斜眼”这个词通常用来称呼准备考俄语教师资格证的哥萨克人。你这样的眼睛考试时能抄到啥呢？母亲心里琢磨着。于是她小声地叫他：“过来，孩子，过来……”然后把一根香肠塞到他手上，“快吃吧，孩子，让身体结实点儿！”按照自己的习惯当然也没有要钱。就这样，每天都是如此，而且不止一次……她高兴极了，脸上像开了花儿一样——终于找到了一份自己热爱的事业！

总之，这个大手大脚女人的生活一切照旧——既没有钱，也没有吃的……但是，当奥里亚拿着大包小裹走进楼单元门的时候，在半明半暗之中，她看见从母亲的房里走出一个年轻的黑人……脸上绽放着幸福的微笑。奥里亚愣在那里，她把手里的包裹扔到了地上，空手向家门口走去。她感到两腿发软，胸口憋闷，恐惧感再一次向她猛烈袭来。她摔倒在狭窄走廊的一个旧箱子上，好久都说不出话来，只能靠两条腿在地板上爬着，家织的地毯被她弄得皱巴成了一团。

后来奥里亚和母亲大闹了一场，这是她有生以来第一次和母亲大吵。她大哭了一场，又对母亲大喊大叫了一番。直到现在，她一想起这件事来就感觉害臊。关于这个黑人和她收养的那些衣不蔽体的小鼻涕孩子，关于那些到家里来享用自来水的老太太以及她的浪费和所有的为所欲为行为，所有这一切她统统一股脑地倒了出来。还有她的童年有多么悲惨，她的少年有多么忧虑，她的婚姻有多么不幸，她患上的无法治愈的心理恐惧症，等等。她用拳头捶打着自己的膝盖，不停地问："这一切都是为什么？为什么？为什么？为什么我一辈子都是这样的女人？为什么一辈子都这样？……"

"有什么大不了的呢，女儿？"母亲心平气和地反问道，"一辈子都不用怕。哎，你们怎么能这么想呢？"说完，她挥了挥手就进屋去了。

母亲像一个遵守教规的人一样，一个瞬间就离开了人世。她只是摔倒了，只有从房间走到厨房这么点距离。她晕倒了，再没有醒来。那是一个艳阳高照的十月里的一天。刚刚还在这里有说有笑，只那么一瞬间——就告别了人世间的一切。

来送葬的有三百多人。她的外孙女是站在窗台上数的。人们是怎么知道她死的消息的呢？半个村子的人都来了，科兹洛夫的孩子们也都带着自己的丈夫、妻子来了，她照顾的那些半大孩子以及他们的父母们也来了。整个坟墓周围都摆满了鲜花，孩子们都知道，老太太不喜欢假花。整整三天，人们纷纷过来还钱，葬礼酬宾宴时，租了一家饭店，地方很大，所有人都坐得下，还有很多剩余的座位。

她的外孙女们哭得很厉害，但比她们哭得更厉害的还有两个人——一个是已经成年的谢廖热尼卡，她最喜欢的儿子，还有一个是黑人萨热奇卡，他在新的坟墓前蹲了很久，是最后一个离开墓地的。他流下了很多泪水，他的泪水与秋天的小雨混杂在一起。他一动不动地蹲在那里，在所有人走了之后他依然留在那里，没有去参加酬宾宴会。或者他不知道应该去做什么。

半年之后，到了她的遗产继承环节——她的存折上一共有二十五卢布。为了纪念她，女儿们买了一套器皿——一个长颈玻璃瓶和几个彩绘的小酒杯，为了用它们倒上一杯甜酒来为这个乐善好施的母亲祷告……接下来的日子平静了，没有了焦虑和恐惧。但是奥里亚却没有一天不思念母亲的。妞塔承认她也一样，没有一天不思念母亲。因为生活中发生过的所有事情，所有波折，记忆中浮现出的一切快乐和痛苦，都与她的母亲有关……

“大手大脚的母亲啊！”这声音把奥里亚从现实带到了九霄云外，把她像拧内衣一样使劲拧着，夺去了她的呼吸。她看见了一片光芒，她的灵魂在朦朦胧胧的兴奋之中猛地向上冲去——她多想见到母亲，多想相信她，多想拥抱她啊……

她猛地哆嗦了一下，从梦中惊醒。在她的对面，一个无精打采的男人穿着一件褪了色的、扣子隔一个掉一个的衬衫，正目不转睛地注视着她。

“你是大手大脚女人家的。”他龇着牙，露出像衬衫扣子一样隔一个掉一个的牙齿，翕动着嘴唇。

她不明白他在说什么，她用尽全身的力气握紧了装着苹果的编织袋的把手，屏住呼吸返回到地面上。她仔细倾听着，只听见了母亲常说的那句沁人肺腑的、清晰悦耳的话：

“不要怕，女儿，一辈子都不要怕……”

初为人母

Первенец

阿格拉娅·纳巴特尼科娃 著
王宁 译

阿格拉娅·纳巴特尼科娃

Аглая Набатникова

阿格拉娅·纳巴特尼科娃，1982 年生于新西伯利亚市。俄罗斯作家协会会员，毕业于全俄国立电影学院导演系。曾执导电影《少女峰》《自然女神》等作品。2019 年出版首部短篇小说集《来赫林格》。

六年前，我生了第一个孩子阿里阿德娜。我不知道自己以后还生不生孩子，但是我敢说，像这样独出心裁的生孩子方式，以后绝对不会再有。

当时，我的想法是自己在家里生产，但是家里人，无论是我妈妈还是我丈夫，都坚决反对。于是，我没有选择硬碰硬，而是决定要要心眼，到时候见机行事。快到预产期的时候，碰巧有一天，妈妈要去电台接受一个采访，而丈夫在这天也要去外地办事，我就趁这个机会偷偷地搬到了郊外的别墅。

就是在这天，著名的编剧爱德华·沃洛达尔斯基去世了。我非常喜欢他的作品，所以听到这个消息后我非常伤感，听着他的代表作之一——电影《敌我难辨》的插曲，我不禁泪流满面。宫缩就在这种悲伤的情绪中开始了。我给亲朋好友们发了短信，请他们不要打扰我，之后我就开始做独自生产的准备去了。我上过准妈妈培训班，所以我确信我完全能自己给自己接生。我一点儿都没有感到害怕，也没有感到疼痛，渐渐地进入了一种恍恍惚惚的状态。我洗了个热水澡，还喝了杯草药茶，清空了肠道，然后就待在别墅最里面的房间，体验着宫缩贯穿身体一浪胜过一浪的感觉。也不知道过了几个小时，亲戚们忽然一阵风似的冲了进来，抬起我塞到车里就往产院送。我丈夫也忙得团团转，不停地给别人打电话说着："我妻子要生了！"他看起来特别害怕，这种情绪对我影响很大。我特别不赞同丈夫陪产。我最喜欢非洲人的做法：妻子生产的时候，丈夫不仅不会在眼前碍手碍脚的，还会远离村子，去沙漠里待上二十四小时。

我们正赶上高峰塞车的时候，所以走应急车道穿过库图佐夫斯基大街，这个时候我已经疼得不行了，阵痛一阵紧似一阵，我只能趁着阵痛间隔做深呼吸。

"临产前竟然跑到别墅去了！我居然还听了她的！这绝对是下不为例！"丈夫嚷嚷着。

羊水破了。我大喊了起来，车窗也蒙上了一层水汽。

"一天都没有推迟。"丈夫这是在说女儿的预产期。保健站的医生判断，孩子会在预产期前一天的晚上出生，一点儿都没错。

车停在了产院门前，我需要自己走着进去，在我半路上停下来等阵痛过去的时候,一位岁数不小的保育员迎了上来，满面笑容地说道：

"我们都等不及了！"

然后，我不愿面对且最想要逃开的一幕开始了：冰冷的公立医院产房，刺眼的灯光，没完没了的询问填表，挂上催产针，促进子宫收缩。但是我还是属于半个胜利者，因为我是在深度宫缩时才被送进产院的，成功躲开了那些提早住进产院的人都要经历的程序。我的女儿——阿里阿德娜出生得正是时候。

我和妈妈两个人待在黑暗的分娩室里，妈妈怕打扰到我，尽力地不弄出声响，只是在我要找医生的时候，才去喊医生。听到我说感到疲惫不堪的时候，医生责备我："那是因为您的身子金贵，家人都宠着你，而我们让您分娩受累了。"说完又对我喊道："加把劲儿，我的大小姐！这是在生孩子，不是开玩笑！"

我小声地说道："对不起……"

我攒足了劲儿，然后一下子生下了阿里阿德娜。她的头发浓密，是深色的，仿佛做了发型似的。第一个抱起她的人是我妈妈，然后光溜溜的婴儿就被放在了我的肚子上。

我沉浸在无比的幸福中，可能这就是所谓的苦尽甘来吧！

我给丈夫安德烈打了电话，祝贺他有女儿了。

他的声音听起来很惊慌，虽然这是他的第二个孩子——我是他的第二任妻子，但是他依旧不明白，生孩子是怎么回事，依旧本能地担心一切，担心生孩子的各种危险。

我被推回了病房，他们推着我进入轰隆轰隆响的电梯，走了好几层楼，而我自豪地把我的女儿阿里阿德娜抱在胸前。

她的整个身子都裹在包被里。在产院门口迎接我们的那个保育员也过来祝贺我，然后教我怎么给孩子喂奶。

“可以把孩子寄放到什么地方去吗？我想睡一会儿。”我问道。

“寄放孩子？这位妈妈，你既然生了孩子，就别想安稳睡觉了。从现在开始，她就永远都要在你身边了。”

于是，我忽然明白了，生孩子对于一个女人而言意味着什么。

小女孩克秀莎

Детеныш Ксюха

妮娜·戈尔拉诺娃 著
武利茹 译

妮娜·戈尔拉诺娃

Нина Горланова

妮娜·戈尔拉诺娃，1947 年 11 月 23 日生于彼尔姆州切尔努什卡区，俄罗斯作家、艺术家，俄罗斯作家协会会员。1970 年毕业于彼尔姆大学语文系。从 1980 年开始陆续发表作品，包括散文《日日见彩虹》、短篇小说《彼尔姆》《亲人们》《大斋戒》、散文诗《橡胶手套的爱情》、中篇小说《希伯来语老师》、长篇小说《他酿的苦蜂蜜》《设施不全的房子》，等等。其作品被译成英语、西班牙语、德语、波兰语、法语等语言。1992 年获女性文学国际比赛一等奖和美国大学文学特等奖。现居彼尔姆。

“世间的万事万物，都是从哪儿来的？爸爸，到底是先有人，还是先有昆虫呢？”

克秀莎是幼儿园里新来的小女孩。她爸爸是这样对索菲娅·维亚切斯拉沃夫娜说的：

“我把孩子克秀莎托付给您了。”

索菲娅·维亚切斯拉沃夫娜对这个小女孩的到来并没有表现出高兴，她的班级里已经有34个孩子了，实在是太多了！这些孩子特别兴奋，总是吵吵闹闹的。好在他们在听《丛林历险记》的“狼孩子毛葛利”的故事时能安静下来睡觉。对于五岁的孩子们来说，这个故事有些难，所以每次睡觉之前都要反复给他们读。

“世界上的一切都是从哪儿来的？”克秀莎见到人就会问这个问题。

“鱼儿觉得空气不足的时候会游到地面上。”索菲娅·维亚切斯拉沃夫娜边走边解释道。

克秀莎这几年来，每次经过水洼的时候，都要看看自己水中的影子。她还喜欢给班级里的很多同学改名字：达莎——达哈，罗玛——罗玛哈，还有娜塔莎——娜塔哈。

她和娜塔莎是好朋友，她们两个一边跑一边大喊：“瓦迪克想和别人亲吻呢！”

索菲娅·维亚切斯拉沃夫娜看了看：瓦迪克正闷闷不乐地玩着挖土机玩具。

“姑娘们，怎么回事，你们在胡说什么？他在玩挖土机呢！”

瓦迪克慢条斯理地说：“我已经和她们说了，我先玩一会儿，待会儿再去追她们。”

“好吧。”索菲娅·维亚切斯拉沃夫娜回道。

对于瓦迪克来说最重要的就是飞机，然后才是和女孩们一起玩。而他做的飞机都飞起来了！

娜塔莎说：“我哥哥正在电视上看裸体女人，这时候爸爸突然走进来，他就赶紧换台，装作在看动画片。”

索菲娅·维亚切斯拉沃夫娜觉得需要赶紧转换话题，就问瓦迪克：

“那你长大了想当什么？”

“亿万富翁。”

还行，他们终于换了话题！索菲娅·维亚切斯拉沃夫娜最近一段时间一直因为钱而发愁：她婆婆有一条腿要做截肢手术……要付钱给晚上的护理员，她的工资却……囊中羞涩啊！好在到了散步时间，索菲娅·维亚切斯拉沃夫娜不再去想烦心的事。

这所幼儿园位于彼尔姆市特别偏远的郊区，路对面就是树林。在散步的时候，他们看到了一只兔子，它跑到树林边，突然就不动了。

“这是什么，小鹿吗？”克秀莎问道，“大家快来看啊，这里有一只小鹿！”

不知道为什么，就在此时此刻，索菲娅·维亚切斯拉沃夫娜对克秀莎另眼相看了。

但是，有一天，没人来接克秀莎。索菲娅·维亚切斯拉沃夫娜带着她在其他班的两个儿子和克秀莎一起去克秀莎的家，那里房门紧闭，但是邻居同意把小女孩放在她家里等着小女孩的家人来接她。

第二天克秀莎来幼儿园，大家对她说“早上好”的时候，她却嘟囔着说“不好”，然后在卫生间里待了整整一个小时。她跪在地上，一直在哭，什么都不肯说。直到睡觉前，她才对索菲娅·维亚切斯拉沃夫娜说：

“星期日我要去我爸爸家做客！”

显然，她的父母离婚了。

“那很好啊！”

“有什么好的！到星期日还有三天呢！”

“那有什么关系啊，你就想总共只有三天啦！”

“索菲娅·维亚切斯拉沃夫娜，等这三天可比一般的三天要漫长得多啊！”

第二天，索菲娅·维亚切斯拉沃夫娜根据教学计划给孩子们讲了什么是燃烧，以及氧气在燃烧中起什么作用。

她带来了两个不同大小的罐子和两根一样的蜡烛。她点燃了蜡烛，然后用罐子扣住。显然，在大罐子里的蜡烛燃烧的时间更长，因为里面有更多的氧气。

她又重复了一遍这个实验，又讲了一遍道理。现在该检查成效了，她问道："大家都明白什么是氧气了吗？"

"氧气就是柠檬。"克秀莎说。

"为什么是柠檬呢？"

"因为吃柠檬嘴里会发酸……"

很显然，这个小女孩怎么都无法集中注意力，她一直沉浸在自己的思绪中。

接下来的一周里，克秀莎表现得极其具有攻击性，经常动手打其他孩子，甚至还打了维卡的头。维卡从小就没有爸爸，她妈妈经常酗酒，到现在维卡仍然把"加号"称作"救护车"，还分辨不出来什么是霍赫洛玛木器，什么是帕列赫木制品。以前要求孩子们上学前能区分出勃列日涅夫和列宁的画像，而现在又要求他们能区分出霍赫洛玛木器和帕列赫木制品……还是算了吧，别难为这孩子了，维卡连一周中每天是星期几的词语都记不住。

索菲娅·维亚切斯拉沃夫娜说："谁要是说不出今天是星期几，就不能出去玩儿。"维卡一次也没有说对过……可她并不灰心，即便有什么听不明白的，她也总是笑着问：

“索菲娅·维亚切斯拉沃夫娜，我们这是出去散步吗？”

“不，维卡，我们现在是要去做操。”

晨读时维卡也背不下来诗，但是她妈妈很想让她大声朗诵，所以索菲娅·维亚切斯拉沃夫娜就让她在三八妇女节前背下来两句话：“我最了解我的妈妈，因为她是我最亲的人。”

维卡兴高采烈地朗诵道：“我根本不认识我的妈妈，因为她是我最亲的人！”

但是如果你对她喊停，维卡就会转过身来，微笑着问：“怎么了？”然后张开手臂，飞奔过来，下一秒她就已经在索菲娅·维亚切斯拉沃夫娜的怀抱里了。她总是这样做，一旦要检查她会不会的时候，她就突然飞奔过去和所有检查人员拥抱，而检查是天天都有的事情。

大概，她妈妈就是这样和所有带来伏特加的客人拥抱的。于是，只要有叔叔阿姨走进班级，维卡就会张开双臂笑容满面地跑向他们，含糊不清地说着“你们好”，然后一把抱住他们的大腿！

这时候检查人员会说：“你们这儿的孩子多么热情好客啊，我们在哪儿都没见过这样的孩子！”

维卡的妈妈也经常露出甜菜花一般的笑容，但言语矫正专家让维卡把报纸上带有字母“л”的单词划下来时，她连这样的词都找不出来……

就是一个这样的维卡被克秀莎打了，难道可以欺负这样的一个小女孩吗？索菲娅·维亚切斯拉沃夫娜一整天都在问克秀莎为什么打维卡。

“我爸爸不在身边，我所有的东西都掉皮了——皮靴掉皮了，背包掉皮了，鼻子也掉皮了。”克秀莎终于说出了原因。

“鼻子是被太阳晒掉皮了，就算爸爸在，它也可能会掉皮的。”

“不，爸爸会提醒我戴棒球帽的……”这是今年天气开始炎热的第一周，操场上散发着一股鱼的腐败气味。很显然，这是那些无家可归的人吃剩的鱼骨腐烂了，他们吃完之后，就把食物残渣埋起来了。气味很冲，所有的女老师都在自己负责的区域里找了很久，但是什么也没找到。

瓦迪克突然递给索菲娅·维亚切斯拉沃夫娜一根开满花的山楂树树枝，他在大门口折的，就是这个味儿！就是这根山楂树树枝发出的味道，不知为什么是一股鱼的腐败气味！这个时节很多花突然一下子都开了，整个地区到处都是绽放的鲜花。

当班级里的孩子们对保育员丽达说起这件事的时候，她说：“我们去圣彼得堡的时候，那里所有的街道都散发着新鲜黄瓜的浓郁味道，但实际上是胡瓜鱼的味道！”

“您再给我们讲一遍吧。”瓦迪克请求道。

“你烦死了！”克秀莎用力地踢了他一脚，踢到了他下身的要害之处。

“你疯了吗？”保育员气哼哼地对她说，“他也许不能生小孩子了！”

克秀莎这时对保育员说的话感起兴趣来：“这是怎么回事呢？简直太有意思了！瓦迪克怎么能生小孩子呢？他又不是女人！”

那天是星期三，星期四是塞莱斯蒂娜的生日，她爸爸是一个商人，孩子生日这天他总会在晚上为孩子们准备好一桌丰盛的晚餐，这对于全班同学来说无异于一个节日。

蒙着眼睛的妈妈们需要辨认出自己的孩子。索菲娅·维亚切斯拉沃夫娜注意到，有爸爸的孩子们一直嬉笑着调换座位，一次又一次地把同一个孩子推到蒙着眼睛“看不见”的妈妈身边，而没有爸爸的孩子们……哦，他们的举动完全不一样：他们会快速地奔向妈妈，想尽快地投入亲人的怀抱！

之后，瓦迪克的爸爸走到索菲娅·维亚切斯拉沃夫娜身边。他姓斯维尔科。他平时总喜欢戴着耳环和唇环，亮闪闪的，今天却突然穿着白衬衫，打着领带。

“我找到了一份新工作，那里要求很严格……索菲娅·维亚切斯拉沃夫娜，您能否去法庭证明一下，我总是接送瓦迪克上幼儿园呢？”

“出什么事了？”

“我妻子离开我另有新欢了，她说那是一个著名的百万富翁，她想带走我的儿子。”

“也许，瓦迪克和妈妈在一起会更好一些吧？”

“但是我会疯掉的！”

然而这段时间，索菲娅·维亚切斯拉沃夫娜与丈夫吵架了，丈夫已经在自己母亲家住了好几天了，她怎么顾得上去法院为瓦迪克爸爸做证呢？事情太多了！还有，她四岁的大儿子在班里尿裤子了，也不睡觉……她明白，儿子是因为父母吵架过于紧张才尿裤子的。这次吵架才持续了三天，儿子就尿裤子了！以后不能再吵架了！

克秀莎的父母离婚了，这就更糟糕了。所以说，需要帮助克秀莎冷静下来，但是怎么让她冷静下来呢？这成了难题……

在更衣室里，两个反应慢一拍的孩子像往常一样坐在一起聊天。

维卡说：“我丢了一只袜子。”

瓦迪克问：“柜子里面你看过了吗？”

“我连柜子下面都看了。”

克秀莎快步跑过去，开始用手摇晃他俩：“哎，你们两个磨磨蹭蹭的，真是让人受够了，就是因为你们，我们都多长时间没出去散步了。”

索菲娅·维亚切斯拉沃夫娜向她走过来，在剑拔弩张的气氛中大声说：

“听我说，你是这里唯一一个不幸的人吗？”

“什么？”

“你并不是这里唯一一个不幸的人！每个人都有各自的烦恼，你发什么脾气？卡佳的爸爸走了，瓦迪克正好相反，他妈妈离开了他爸爸，还把他带到了另一个家庭……”

接下来发生的事情让人完全意想不到！让索菲娅·维亚切斯拉沃夫娜始料未及的是，正散步的孩子们都跑到克秀莎身边，七嘴八舌地向她说起自己的烦恼。

“我爸爸前天打掉了我妈妈的牙！他们打得很凶，我后来在地上找了半个小时妈妈的牙……”

“我爸爸使劲地打我妈妈，后来我妈妈面瘫了！”

“面瘫是什么样？”

“就是一半的脸……不能动了。”

“瘫痪了？”

“是的。”

孩子们都围着克秀莎倾诉着，倾诉着他们自己的悲伤：

“我妈妈把我爸爸赶出去了，然后找了个列瓦叔叔！我爸爸经常吐，列瓦叔叔却很少吐！”

“我爸爸新年的时候经常用纸牌占卜，算出的结果是‘注意地板的对面’[1]。然后我说：‘爸爸，地板的对面是天花板，你该修天花板了！’他却揪住了我的耳朵！难道我说错了什

1　同音异义词的理解错误，正确含义是“会获得异性的青睐”。——译者注

么吗？”

只有奥莉佳·涅日聂聂奇科有一个计划：如何能使她家里的日子像以前一样幸福。她想为父母画一场婚礼的现场画，免得他们再吵架。

“我的涅日聂聂奇科啊！你想得太周到了！”索菲娅·维亚切斯拉沃夫娜抱了抱奥莉佳。

克秀莎突然说她也要为她的父母画一场婚礼！

从那以后，克秀莎又开心了起来，和娜塔莎在班级里形影不离，开始好好地吃饭，课堂上也好好地回答问题。当问到秋天的特征时，34个孩子都说出了各自的答案，克秀莎的答案是“暖气开始热了”。大家都称赞她，她脸红了。

这被称为“经验分享法”。索菲娅·维亚切斯拉沃夫娜听说西方国家有这样的系列课程：所有小朋友互相讲述，无所不谈，会讲到死亡、恐惧……

第二天，克秀莎给班级带了一个小花盆：

“这是紫罗兰的孩子！”

祖母的拿手菜

（选自《90年代的记忆》文集）

Рецепт моей бабушки

奥莉佳·哈尔拉莫娃 著

武利茹 译

奥莉佳·哈尔拉莫娃

Ольга Харламова

奥莉佳·哈尔拉莫娃，诗人、剧作家、小说家，莫斯科市荣誉文学工作者，俄罗斯作家协会、俄罗斯新闻记者协会、国际新闻记者协会、莫斯科作家协会会员，出版作品包括《诗页》《爱情的状态》《火绒草》《花哨的波兰女人》《混血儿》《漂洋过海的情书》《七海之港》《幸亏》《浅紫色的悬钩子》等。

我坐在地铁车厢里，坐在我对面的女人打着盹儿，她能有多大岁数了呢？四十五岁？五十岁？也许是六十岁？很难说。她的长相非常一般，穿着也很普通。我的注意力被她放在腿上的包吸引了。我心里盘算着它的大小、抗蚀性以及它的两个提手是否结实。真是一个不错的包！应该也给自己买一个这样的，就要和她这个一模一样的……想到这里，我突然紧张起来。难道我已经需要这样的包了吗？就我这样不久前还拿着一个时髦的小包到处乱跑、从未考虑过它能装多少东西的女人，竟然也需要买这样的包了吗？

时代变了。坦克射击停止了，位于沿岸大街上的政府大楼由白色变成了黑色，但是，有一些事情由以前的黑色一下子变成了白色。习惯了的生活完全被颠覆，曾经被验证的“工作不是狼，不会跑进森林里”的老话也不灵了，已经变成“工作会随时跑”。即使是已经在去商店的路上，人们的嘴里也在不停地嘟囔：“要想买东西就要不断地攒钱！”

现在我去商店买东西会坚持两种方法：一种是按照最低需要少买食品，只买一盒黄油、一个长条面包、一块软奶酪、四根小香肠（根据家里的成员数——丈夫、上中学的女儿、我和狗）；另一种是对稀缺的食品按每个居民的最高限额购买——一至几公斤的扁豆、小麦或者胡瓜鱼。

一部分干货可以储藏起来，而胡瓜鱼我得马上把它做出来。首先要把它去鳞，仔细地清洗干净——这是一件相当麻烦的事情，不过我已经习惯了，甚至当我看到这些被洗得干干净净、有头有尾的小银鱼时，还会有一种满足感。它们“高兴地”在我最大的铝锅里活蹦乱跳，更确切地说，高兴的是我——这是我们一家四口一星期的食物！当然，只这些鱼还不够，还应该切一些洋葱和胡萝卜，倒入番茄酱、少量水、少许盐、胡椒粉，还有，不要忘记放月桂叶（是我之前从南方带过来的，亲手从树上摘下来的），然后把装有这些配料的大铝锅放到火上，盖上盖子焖制。实际上，盖子已经找不着了，我就扣了一个盆来代替。

我给这道菜起了一个名，叫“盆扣胡瓜鱼”。怎么样呢？不错吧？用我女儿的话说就是“很棒”。

我还有一道拿手菜。这道菜的做法是我从我祖母那儿学的，愿她在天堂安息！我祖母是一个永远乐观向上的人，她给我讲过，在战争时期她是怎么用土豆做油炸饼的。

现在我就来说说这道菜的做法。首先把洗净的土豆用绞肉机绞碎，用眼估摸着加入一些面粉，加入起到黏合作用的鸡蛋，还可以加一些蛋粉（如果有的话），再放点儿盐，撒点儿胡椒粉，已加热的小煎锅里放上猪油，待猪油化开后，把刚才准备好的食材一勺一勺地倒进小煎锅里。吃过的人都知道，这是一道多么好吃的菜啊！

我这是想到哪儿去了？！哦，对了，我应该去买一个女包，我需要的是一个特别大的实用的买菜用的好包，而且价格不能贵。

我差点儿就坐过站了。我走出地铁车厢，走在站台上，看到街上女人们的手里都拎着各式各样的包，有的是手提包，有的是手袋，有的是小包！

我沿着自动扶梯上去，走出地铁，来到最近的一家日用小百货商店，我看着货架，做出一个自己都觉得意外的举动，我让售货员拿给我一个细背带的小扁包。它是用高等皮革制成的，闪闪发亮，价格并不便宜，但是我就像抓救生圈一样抓住了它。谢天谢地，我带的钱足够买下它。今天我什么也不需要买了。我和我的小狗吃过早饭了，丈夫在单位吃午饭，女儿在学校吃午饭，晚饭吃我的拿手菜——油炸饼，够大家吃了！

我在商场出口处推开门，在门玻璃上我看到了祖母的笑脸，她对我今天的举动很满意。

临近幸福的时刻

За минуту до счастья

萨沙·尼古拉延科 著
张婵 译

萨沙·尼古拉延科

Саша Николаенко

萨沙·尼古拉延科，出生于莫斯科，毕业于莫斯科国立艺术工业大学壁画系，出于对文学的热爱，求学期间她一边画画一边写作，并亲自为作品创作插图。她凭借其处女作小说《杀死勃布雷金》一举获得2017年“俄罗斯布克尔文学奖”。代表作还有长篇小说《天国邮递员费佳·布尔金》、短篇小说集《交通灯、恶棍及其他公民们》。

跌倒

“呜……”一开始哭声不大。“呜呜……”哭声越来越响，越来越绝望……“呜呜呜……”

路过的人们环顾四周，发现是一个小男孩在哭闹，哭得上气不接下气，而她在旁边气得要疯了，她拽着一只棉手套，用手套上连着的松紧带将这个“小恶魔”牵住。真丢人啊！人们一准儿会这么想，也肯定会对她评头论足——这人是怎么当妈的？随他们怎么想吧，老天啊！天冷得要死，地面又滑，真是倒霉透了！该死的二月，赶紧过去吧……还有手上这些大包小裹，里面的鸡蛋可别打碎了。突然，他停下来，不往前走了，他这是要干吗？怎么了？！他哭个什么呢？有什么大不了的，能让他这样大呼小叫？天啊，饶了她吧，到底什么时候才是个头……

可这一切仅仅是个开始，他哭得那么厉害，打断了她的思绪。她最终还是停住脚步，在他旁边蹲下身去。

“怎么了，啊？你哭个什么劲儿？眼泪哗啦啦的，像喷泉似的，跟小丑一个模样，鼻子也像小丑的鼻子，大家都在看你免费表演呢，可真要了命了。”

“呜呜呜呜呜……”哭声响彻整条街道。

“不许哭！”她使劲地抓着他的肩膀摇了摇。他停了一会儿，又开始号啕大哭，声量竟比之前放大了三倍：

“呜呜呜呜呜……”

“不许哭，让你别哭，别哭了……”

“呜呜呜呜呜呜呜呜……”

“你能不能告诉我怎么了？你说啊，到底怎么了？”

“呜呜……呜……呜呜……”他抽泣着，大张着嘴，呼吸着冰冷的空气，他停止了哭号，断断续续地说，“我……呜呜……我……摔倒了。”

“摔倒了？”她惊讶地问道，难道他什么时候又跌了一跤？在药店那儿他摔倒过，她以为他会哭，可他并没有。他爬起来，紧跟在她后面，连哼都没哼一声。可这又是怎么回事？莫非是到了这会儿才反应过来疼吗？

“摔坏了吗？”她慌乱地问，“疼吗？疼是吗？摔哪儿了？哪儿疼？给我指指看！”

可他不知道哪儿疼，也不知道往哪儿指，他的眼里满是迷惑、委屈，还有莫大的悲伤。他跌倒了。

像这样无缘无故地摔了跤，他还是头一回。

不喝酒的人

“你觉得他怎么样，妈妈？”

“还行吧……是个不喝酒的人。”

“这有什么关系啊？！妈妈！总的来说怎么样？”

“总的来说……文质彬彬的，也不喝酒……不过，好在不是我跟他过日子。”

复仇

天啊！这不是那个让她落到今天这般境地的人吗？要知道她当时差点儿没被抢救过来，要是她单身一人，怎么会有谢尔盖？根本就不会有他，也不会有……那四次流产。

“你过得怎么样？”

“还行吧。”

“结婚了吗？”

“结过，她得了癌症，是晚期，也就挺了一年工夫。”

“啊呀，对不起！”

“没什么。”

没什么——没什么好事，他的日子过得不怎么样，感谢上帝……

“那你们有孩子吗？”

“有过，叫瓦夏。”

“有过？有过什么意思？”

“意思就是曾经有过，欧克萨娜，他得了白血病不在了。”

天呐！天呐！他不知道她心里有多高兴，不过她得谢谢他！毕竟他还在，他还活着，让他尝尝这痛苦的滋味，谢天谢地。

“这孩子是谁，你女儿？儿子？”

“说什么呢，维尼？这是我孙子阿廖沙。”

“哦，他可真是个……壮实的孩子！真不错……是个棒小子……”

“你可变样了，还喝酒吗？”

“瞧你说的，欧克萨娜，还喝什么酒啊，我得了糖尿病……”

糖尿病——她恨不能把这“好消息”马上告诉全世界……感谢你，上帝啊！感谢你！哈利路亚！

“你看上去气色很不错……”

“是吗？谢谢，你可真会说话……”

她想到了自己那饱经风霜又让她厌恶至极的人生，想到那些孤独，想到所有的痛苦，年复一年、日复一日的艰难……她对他说道：

“抱歉，亲爱的维尼，我们得走了……”

“是我该说对不起……你是来这里散步吗？”

"我们不经意走到这儿的……"

"欧克萨娜？"

"什么？"

"我们还会见面吗？"

"未必吧……"

她把婴儿车掉了个头，踩着高跟鞋，离开了。她的身材还是那样苗条匀称，背影看上去也就十八岁，可是岁月不饶人啊！在信号灯前她回过头——他正在看她，他依旧站在那里，看着她呢！她笑了，转过身去，将孩子的拨浪鼓摆摆正，信号灯变绿了，她推着婴儿车继续往前走，推着的正是他的孙子。复仇这一刻她等了多少年啊，终于让她等到了！

报仇了。

寄生虫

她这么做甚至不是为了自己，而是为了儿子，得让儿子知道他父亲就是个猪狗不如的东西，让儿子别成为他那样的废物。

男人坐在她对面，像是堆粪的屎壳郎、丑陋的变形虫、恶心的微生物。他一边大嚼特嚼，一边抱怨生活，嘴巴上全是油渍，座椅之间甚至塞不下他的啤酒肚，这个混蛋！那肚子大得看上去像马上要生产似的，圆得跟肥皂泡一样，快要爆炸。他就像阿廖什卡在自然课上学的那个，叫什么来着？寄生虫！

“‘寄生虫——就是靠其他生物获取养分的有机体’，翻译过来意思就是‘食物附近的东西’，就跟你爸爸一个样，逮着机会就不放过，吃啊吃啊……”

“看呐，这家伙多像你爸爸……是叫鼻涕虫还是什么大蜗牛来着，重要的是，你可别长成那个样子。”

他有他爸爸的基因，基因这东西就像是病菌，像传染病，可不是一下子就能根除的。

他们见面了，去了电影院，看了场动画片，买了爆米花、可乐、啤酒、电影票，还去了小吃店吃东西，所有这些都是她花的钱。让阿廖什卡看着吧，让他看看，让他比较比较，他虽然还小，可什么都明白。可这个人呢，呸，老天啊！真让人看不下去，哪怕点一个鲑鱼煎饼呢，就算是奶酪馅的也行啊！这个混蛋，只给阿廖什卡买了根棒棒糖，然后就穷得身无分文了……

“这钱你攒了挺长时间吧？”

“你在说什么呢？”

“说你为哄孩子开心给他买的高价糖果啊……”

“你怎么能这么说话呢，列娜？”

“买棒棒糖的钱怎么没跟他妈妈要呢？……还是说，你自己挣到钱了？”

阿廖什卡坐在那里，咂吮着棒棒糖，发出吱吱的声响，含着糖果的腮帮子鼓得老高，他一门心思都在游戏机的屏幕上。她这个蠢女人，平白无故给他买什么游戏机呢？

“你为什么把我叫到这儿？”

“什么为什么？为了儿子！儿子不应当见见他的父亲吗？就该让他好好瞧瞧他亲爱的爸爸……”

“列娜，你这是何必呢？”

“我像个疯婆子似的拼命工作，维克多，可你呢？你瞧瞧你自己！好手好脚的一个大男人，就得担起责任来……”

“说这个能让你好受些，是吗？”

“我有什么好受不好受的，维克多，关我什么事？把衣服穿上，阿廖什卡，咱们走，这场闹剧让我受够了！”

她带着儿子乘着商场的扶梯下楼。

“把那根该死的小棍从嘴里拿出来！那上面已经什么都没有了，你快把它咬碎了！还是说你要把它留作纪念，嗯？你想变成那副样子吗，像他一样？是吗？说啊！想变成像他一样的窝囊废，那样软弱无能的废物，变成寄生虫，是吗？”

阿廖什卡眼里泛着泪花，他恨恨地抬头望向她……

“爸爸是好人！他是好爸爸！他是我的！你……你才是寄生虫！”

卡佳

来的第一天他就牢牢记住了大海的样子，大海是那么宽广，把天空占去半边，所见之处没有半点土地。一个戴着面罩和呼吸管子的叔叔游到了很远的地方，人们都聚拢到一块看他抓回来的螃蟹。他们打开行李箱，把东西整理到衣柜里。他得到了窗边的一个小柜子，从窗口看不到海，只能看见一些破旧的废墟，也可能是建筑工地。窗帘是绿色的，电视里在播放第一频道的节目。爸爸在沙滩上跟一个同样留着大胡子的人下着象棋，这个人的妻子很胖，戴着一顶草帽。妈妈的鼻子很快就被晒伤了，她的泳衣也不合适。他们跟人打听了这附近都有什么去处，卖些什么东西，晚饭后他们去了市场，买了合适的泳衣，给爸爸买了散装酒，还有非常多的甜樱桃。他们在一家小饭店里坐了一会儿，吃了烤肉串，之后还吃了冰激凌，妈妈说他们是败家子。

第二天的午饭后正是一天里最热的时候，没办法晒太阳，他便跑去探察整个度假区。在一块遮阳篷底下放着几张乒乓球桌，但是都被人占用了，也没有合适的人跟他对打。他跟爸爸说了乒乓球桌的事，爸爸却说明天再去，于是三个人就开始打牌了。

第三天，他又来到了乒乓球桌那里。他想着要是有空闲的球桌，就去找爸爸过来。跟昨天一样，球桌还是被占着，不过有个小姑娘站在那儿，她看上去也很想打球，可同样没有人跟她对打。于是，他打定主意，走过去邀她一起打球，她很高兴地同意了。他说他从莫斯科来，“你呢？”她回答说她叫卡佳。但是她来自哪里，他却没记住。

球桌闲下来了，可他们两个完全不会打球，球一直被漏掉，一次又一次被打飞。后来他们连续打了三十个球，球飞了，滚到别人的球桌下面，两个人只好都跑去捡球。他们的额头在球桌底下重重地撞到了一起，撞得眼冒金星。再后来，爸爸和妈妈喊他去沙滩，他走的时候回头看了看，小姑娘还站在他们的球桌前面，她也在看着他。妈妈说：“多漂亮的小姑娘。”他回答说她叫卡佳。“她是从哪儿来的？”妈妈问。他回答：“我不知道。”

在沙滩上，他一直期待着卡佳也会来，可她没有出现。度假区晚上有音乐会和舞会，他们很感兴趣，决定去参加。卡佳也去了，不过他却没能按照绅士的礼节去邀请她跳舞，毕竟这件事比邀请她打球要困难得多。爸爸和妈妈在跳舞，他来到卡佳面前，跟她打了个招呼。她笑了，问他：“咱们去跳舞吗？”他回答说他不会跳舞。

“那我们去海边？”于是他们就向海边走去。

舞场开始演奏起某个华尔兹舞曲，可他们已经走得太远了，华尔兹轻柔地演奏着，而海浪哗哗作响，将舞曲湮没。

“这里有好多的星星。”她说道。他望向天空，正如她所言，天上有很多星星。

还有很多的蜻蜓，以及大海的味道。卡佳在草丛里抓了一只萤火虫，小小的萤火虫在她手掌心闪着光亮。他们又闲逛了一会儿。

再后来，舞场那儿的篝火熄灭了，他送她到了她住的那栋松林间的小楼，就在他住的楼的右边。他们在松林中停下，从窗子里发出的黄色的光点映在了松叶上。

“我们明天一早就要走了。”她说。

“真可惜……”他回答道。他心想，明天又没有人跟他一起打球了，可他不知道，他以后再也见不到她了。

2 月 23 日

将近零下 30℃的天气，到了晚上八点多钟，连空气都像是结了冰，该死的公交车一辆都没有。人们嘴里呼出白色的哈气，有人吐的是烟雾，还有人喷出的是酒气，整个国家都在庆祝 2 月 23 日[1]。总算来了，来了！总算来了一辆 961 路公交车，该死的！排队的人们心情烦躁起来，队伍一点儿也没挪动，有人插队，人们骂骂咧咧地互相推搡着。队伍又重新排了排，姑且算是个队伍吧！队排得太长了，后面已经

---

1 俄罗斯法定假日“祖国保卫者日”，在民间又被称为“男人节”，前身是苏联于 1922 年设立的“红军诞生日”。——译者注

没地方可退了。

两个蠢女人突然站到了一个酒鬼的前面，这样的酒鬼能干什么？！看看这个畜生，醉成这副德性，还谈什么保卫祖国？！看着都让人作呕！他的眼睛呆滞无神，大衣被人踩踏过，整个人脏兮兮的，围巾拖沓到了脚上，帽子也歪向了一边，浑身上下酒气熏人，站在他旁边简直没办法呼吸。

“这样的家伙，你们还能让他上车吗？”

“他醉得舌头都打结了，这位大英雄，就让他在这儿待着吧，至少还能喘口气儿……”

“真像个畜生……”

“这男人的老婆死了。”

哎哟，我的天呐，一切都清楚了……

不爱了

“你怎么又没来？”

“没怎么。”

“生病了吗？”

“没有。”

“那是因为什么？”

“没什么。”

“那你能来我家吗？”

“我去不了。”

“明天能来吗？”

“明天也不行。”

“为什么啊？”

“去不了，没有为什么，就是去不了。”

“那我能去你家吗？”

“不行，不要来。”

这还不明白吗？不爱了，她不爱你了，她已经不再爱你了。

整整一天，一直到第二天晚上，他的脑海中一直重复着这几句话。忍受着折磨，他做了几何作业，复习了俄语，还把书包收拾了一下，然后他打开了窗户，这个傻瓜，他竟然跳了下去，那可是十六层楼啊，新盖的楼。

刚一睡醒，她就把镜子拿到面前，什么也看不出来了，几乎都不见了！那么大的一个粉刺呢，让人恨不得跳河自尽，长着这么个东西怎么能面对面接吻呢？

人生第一个字

“你过来，过来！听到没有？”

他走了过来，小腿儿胖胖的都是褶皱，一只手指含在嘴里，眼看就要哭出来了……

“这是什么？我问你呢，这是什么？嗯？你再看看这个，这又是什么？你告诉我，这都是谁弄的？！”

妈妈新买的宜家方凳上刻着这样的字，字刻得很深，完全擦不掉，墙纸上的字则是用自来水笔写的，这个小蠢蛋，简直就是个破坏分子……

接班

“那个老太太，可能是去世了吧……”

“哪个老太太？”

“她总是坐在这儿，记得吗？坐在这条长凳上。”

“啊，是有这么个人……”

“现在总算有放包的地方了。”

背叛

他和她结婚了，已经生了两个孩子。大的是个女孩，叫玛莎；小的是个男孩，还坐在婴儿车里，叫米什卡。

后来出现了一个小男孩，开着一辆带天线的电动跑车，于是她就跟着他跑了。

小纸船

这是张黑白照片，照片上有一排栅栏，在栅栏的影子下，两个人推着一辆童车，转头望向摄影师。

他们转过头，一起冲着相机说“茄子”，然后他们互相看着对方，开始笑起来。

道路的前方是个转弯，一切都被阳光照得闪亮，窗玻璃在阳光的照射下显得十分耀眼。

这是三号楼的街角，黑白相间的长方形空地被保存在灰色硬纸壳的相册里，照片已经褪了色，上面传达出的最明显的信息就是——春天！树木在水洼里的倒影一直延伸到天空，一只身上带花纹的小猫被定格在人行道的两条斑马线之间。这是几间车库，还有一辆“扎波罗热人”牌汽车，然后是废品回收站、邮局、幼儿园、区第六儿童医院和药店。

积雪在消融，颜色变成了灰色，房檐下的冰柱滴下水来。地上有一只用报纸折成的小船，船头部分扎入了柏油路上的积水洼，让人不禁想用手指推它一下，把它推进水洼。不过，感谢老天，这里的一切都还维持着它们原来的样子。

小女孩

小女孩长得并不漂亮，她穿着带条纹的高领毛衣，梳着一个整齐的“锅盖头”。她闭着嘴巴，嘴角歪向一边，手指则紧紧地攥着膝盖，把腿上的肉捏得打了褶儿。一个“十月儿童”[1]小徽章别在她白色罩裙的背带上。她那双似乎能洞察一切的眼睛里满是期待和狐疑，因为摄影师刚刚告诉她，从那个长着三只脚的玻璃眼里马上会飞出一只小鸟来[2]。

要有鱼了

这场景之前在哪儿发生过吗？有过的，是啊，只是太过久远了。他从学校跑回家，一进门就把手上的袋子和书包扔得满地……

“我回来了！”从门廊那里传来饭菜的香味。冬天，家里很暖和，奶奶拿着抹布从厨房走出来。如果是在晚上，手工课下课之后，那会儿全家人都在——爸爸、奶奶、妈妈、尼娜和巴维尔。后来，家里就只有尼娜和巴维尔了，托比克在尼娜和巴维尔之后也死了——托比克是一只很棒的小狗。

怎么说呢？天太让人糟心，据说之后还会更冷，可天热的时候也不好，简直让人活不下去。就是这样，活不下去，这是实话。就是这样，热得活不下去啊，老兄。“不然，给

---

1 苏联时期的儿童组织，由预备加入少先队的7岁至9岁的低年级小学生组成。——译者注

2 在俄罗斯给孩子照相时，为吸引孩子的注意力，摄像师通常会指着相机说：“注意啦，看这里，要飞出小鸟了！”——译者注

你弄条鱼养养？”“弄吧，它会生出很多小鱼来的。”

临近幸福的时刻

我在什么地方见过这样一张照片。

照片上是夏天，在某个乡间别墅的栅栏边，从压力水龙头喷出的水把树上的安东诺夫卡苹果[1]打落在地上。小男孩的脸上还带着泪痕，身上的海魂衫紧贴在他圆圆的小肚子上，穿着夹克衫的爷爷把小狗崽藏在自己的背后。这张照片的名字叫作“临近幸福的时刻”。

---

1 俄罗斯产的一种晚熟的苹果。——译者注

不同的语言

На разных языках

斯维特兰娜·斯米尔诺娃 著
张婵 译

斯维特兰娜·斯米尔诺娃

Светлана Смирнова

斯维特兰娜·斯米尔诺娃，诗人，作家，俄罗斯作家协会会员，俄罗斯小说协会会员。1950年生于莫斯科，后在乌法求学并生活。曾入围俄罗斯2014年度最受欢迎作家人选。中篇小说《神奇的花朵》获得乌法市“2015年最佳地方小说”奖。

世人对爱的渴望，远超对食物的饥渴，

这种渴望是最为强烈的。

——特蕾莎修女

“我从来就没有过妈妈。”丽塔若有所思地说。

她的脸上闪过一丝怅然若失的表情，视线则定格在了一个只有她自己才知道的一点，目光所及之处，仿佛有一条无尽的地平线在前方延伸。

然而她的面前只是一个再普通不过的橱柜，橱架上面摆着闪闪发亮的、精致的餐具。

维拉猛地回过头，眼神中充满了无声的疑惑。

“不，实际上我当然有妈妈，我是说，我没有那种保护我不受外界侵犯、使我避灾免难的妈妈。”

我从来都没有奢望过这样的情景，我从外面跑回家，一头扎进她的怀里，拥抱她，对她诉说儿时的委屈，和她分享自己的愿望，或者只是依偎在她的身侧，感受一下她的温暖和疼爱。

从表面上看，妈妈当然也关心过我的。

记得有一次我得了麻疹，我窝在自己的床上，很难受。

床头柜上有个小盘子，那里面始终都有我最喜欢的玫瑰和奶油的双层馅饼，可我一点儿没吃，也没有从床上爬起来，只是漠然地望着天花板发呆。

我总是一个人独来独往，独自生活，独自思考。

或许，原因在我？是我一直以来太过于自我了吗？

那个时候的妈妈年轻又漂亮，她穿时髦讲究的连衣裙，把亮色的口红涂在唇上。她的梳妆台上有很多化妆品，我喜欢把各式各样的小玻璃瓶放在手上来回摆弄，那些透明的玻璃瓶和造型别致的香水瓶子让我爱得发狂，我也钟情那温柔而充满个性的香水味道，它会让人联想到某个遥不可及、若有若无、转瞬即逝的东西。

我妈妈是一个具有神秘气质的女人，话说回来，所有女人都有种神秘感，就像鲜花一样，每一个女人都有自己独特的魅力。可男人们呢，都是普通而平凡，只能把他们比作树。

我感觉自己是家里的外人。

在学校和班上，我也像是局外人，表现得有点儿不合群，我有属于自己的世界——书和诗歌。

九年级的时候，很多女孩子都交了男朋友，在她们的生活中，一项重要的内容就是打扮自己，给自己化妆、做发型。她们在私底下说悄悄话，分享自己的小秘密，而我却过得像个修女。不，我当时也有一个喜欢的男生，那可是真正的爱情啊！

他那时已经中学毕业了，正在军队服役，我们只能书信来往。他的信是我当时人生中最重要的东西，我的生活就是等待他一封又一封的来信。

我每天都在期盼邮递员的到来，紧张又激动地查看家里的邮箱，如果看到里面放着白色的信封，就会开心得像是上了天堂！那些被隐藏起来的幸福的小浪花会在我的内心深处波动好几天。这件事我对任何人都没说起过，哪怕是我最好的女友也不知道。

总而言之，我仿佛身处云端，而妈妈在地面上，她活在现实生活中。

我们实在是完全不同的人，无法理解对方。

在少年时期，我曾经对天文学很感兴趣，被那些遥远而神秘的星球深深吸引。夜空中的繁星在我的头顶上方闪烁，它们眨着眼睛，充满了神秘感。关于这方面的书我读过不少。后来我得到一本莱蒙托夫的诗集，莱蒙托夫的诗歌中居然也有一个宇宙！但那是心灵的宇宙！不，我那时候并不孤僻，我很开朗，也善于交际，只不过我有我自己的内心世界，有独特的兴趣爱好，可我没有跟任何人谈论过它们。我曾经在书上读到过，与他人交谈时应当使用对方的语言，于是我严格遵守了这个规则。

我在跟每个女友聊天的时候，只聊她们感兴趣的话题，不然呢？打个比方，难道我要聊一些她们从来没读过的书吗？这样的交谈又有什么意义呢？

我明白，世界上的人们用不同的语言交流，正如巴别塔[1]的故事里说的那样。

我的女友们都很喜欢我，她们甚至因为我相互争风吃醋。少年时代我的女友特别多，有些是我们班上的，有些是同年级其他班的，还有些是朋友的朋友。她们的性格千差万别，可我却能从她们身上找到相同之处。

她们都没有严肃认真地爱过，没有从儿时起开始写诗，也很少读书，不过这些丝毫不影响我跟她们一起逛街，一块儿闲聊。

我也会听她们诉说自己那些轻浮的浪漫史和无聊的琐事，比如关于什么廉价的糖果纸、新裙子、化妆品……

春去秋来冬又至……我们漫步于城市中，走在古老而美丽的街头，周围的一切是那么美好。只不过，我们说的是不同的语言。

---

1 《圣经·创世纪》中的故事。原本世界上只有一种语言，世人要联合起来兴建能通往天堂的高塔，即巴别塔，上帝为了阻止他们，于是让人们说不同的语言，使人们相互之间无法沟通。—— 译者注

祖母出差见闻

Бабушка в командировке

塔季扬娜·纳巴特尼科娃 著
夏宏芳 译

塔季扬娜·纳巴特尼科娃

Татьяна Набатникова

塔季扬娜·纳巴特尼科娃，1948 年 4 月 14 日生于阿尔泰边疆州，俄罗斯作家，德语翻译家。她翻译了诺贝尔文学奖获得者埃尔弗里德·耶利内克的多本小说，是俄罗斯作家协会会员（自 1983 年起）。毕业于新西伯利亚电工学院和高尔基文学学院，曾在西西伯利亚图书出版社做编辑，在新西伯利亚的工厂担任设计工程师。1988 年获奥斯特洛夫斯基全苏文学大赛奖，1990 年获肖洛霍夫文学奖，1992 年获瓦西里·舒克申文学奖。主要作品有小说集《家庭教育》《坐在金色台阶上》《许愿》《城里》《不要生得漂亮》《小猫的生日》和长篇小说《每个猎人》等。

我的三个小孙子和我一起住在乡间别墅。这几个小鬼头没有一刻安静，总是闹腾个没完，一会儿吵架，一会儿胳膊腿儿磕出瘀伤，一会儿手上扎刺，一会儿提各种问题，一会儿又各种请求，简直让我无法工作。但是我心里十分清楚：这就是幸福生活。而且，这种生活让人身心健康，因为如果一个人不仅仅是为自己而活，那么，他的身体就不会有问题，上天也会眷顾他。

有一次在瑞士，我想对一位女士说几句恭维话："你们这个地方公墓墓碑上刻字的日期证明，在这种有利于健康的气候环境下，人的平均寿命是一百岁。你们要比我们这些外国人多活二十年！"

可是这位女士听了我的话后，情绪很激动，脸上略带忧伤地向我点着头说："是啊，您说得对，可是您知道吗？这才是真正的不幸。就因为医疗水平高，病人被照顾得非常好，所以，一群已经完全痴呆的老人在养老院里能多活上几年，甚至几十年！"

哎，俄罗斯医疗养老改革万岁！这种改革是绝不会允许这样不成体统的事情发生的！

我们在瑞士的翻译俱乐部每周举行一次集体聚餐。有一次，大家都讲讲谁是搞什么翻译的。有一个人说他在翻译诗歌，当被问及是否可以以此为生时，他回答道："不可能，但是，必须要做这件事情！"这是我们译者的使命。

有一次，我的孙子们突然想到要给自己选择一个未来的职业。伊格纳特（九岁）想当工程师，长得又高又瘦的季洪（六岁）想当警察或者军人，但是阿丽亚德娜（七岁）则郑重宣布自己要当作家。我们都嘲笑她。我甚至残忍地指出作家根本算不上是一种职业。伊格纳特更是恶声恶气地指出："作家就是一个爱好！"他一直暗暗炫耀自己的父母更厉害，因为他的父母都是搞电脑动画制作的，而阿丽什卡[1]的父母都是文学家。但是阿丽什卡很快给自己找到了退路："要不，我就像祖父一样，当医生！"阿丽什卡真是好样的，有主见，遇事不慌张，能随机应变，是当作家的料。

我当时正在翻译亚历克斯·卡普[2]的小说《国王的子嗣》。小说中有这样一个情节：一对开着丰田车的夫妇被暴风雪困在山口，他们没有向人求助，就那么懒洋洋地躲在车里等天亮。他们知道，第二天早晨，清雪机一定会来的，因为瑞士的除雪工作向来做得很及时。当然，他们会被罚款，因为明知道天气不好，还深夜驾车进山。但至少没有生命危险，要

---

1 阿丽什卡是阿丽亚德娜的昵称。——译者注

2 亚历克斯·卡普，瑞士作家。—— 译者注

知道，这不是死亡之山“迪亚特洛夫山”[1]，也不是在俄罗斯，俄罗斯人自古以来就只能靠自己对抗空旷的冰雪荒原。

但是，如果要我在瑞士和俄罗斯之间进行选择的话，我当然还是毫不犹豫地选择俄罗斯。

因为苏黎世是瑞士的精神之都，所以这里会举行很多文学活动，翻译人员也被邀请参加。

这次是詹姆斯·乔伊斯基金会[2]举办的《尤利西斯》德语版译本比较研讨会。会上发给每个人一张 A3 纸：纸上面左边是乔伊斯的原文，中间是经典版的德语译文，最右边是那些永远对现有译本提出质疑的译者们给出的更加完善的译文。评论家们文雅地品评着译文中每个句子的节奏、主题、同位语表达方式……然后大家就去喝葡萄酒了。

我想说的是，我们想要这样的生活。

但最好不要这样活着。因为这不是一种健康的生活方式。

我有一个少年时期结交的朋友，他是一个物理学家。有

---

1 1959 年，九名俄罗斯登山爱好者在乌拉尔山脉迪亚特洛夫山附近失踪，当他们被人发现时早已死亡，死前仿佛受到巨大的惊吓以及非人力的强大外力的袭击，这就是著名的迪亚特洛夫事件，时至今日仍然是一个未解之谜。—— 译者注

2 詹姆斯·乔伊斯是爱尔兰作家和诗人，20 世纪最重要的作家之一。他的作品及“意识流”思想对全世界产生了巨大的影响。代表作包括短篇小说集《都柏林人》（1914）、长篇小说《一个青年艺术家的画像》（1916）、《尤利西斯》（1922）以及《芬尼根的苏醒》(1939)。他生命中的最后两年是在苏黎世度过的。詹姆斯·乔伊斯基金会是欧洲研究乔伊斯作品的研究机构。—— 译者注

一次，他坐飞机从布拉格飞往莫斯科，在机场免税店买了一瓶威士忌，想带回去犒劳一下自己的同事。但是一不小心把袋子摔到了地上，瓶子碎了，可是袋子完好无损！在这种情况下，每个人的处理方式会有所不同。我大概会和他一样，就像老实的西伯利亚人或勤俭节约的农民那样，留着袋子以后用，毕竟好东西不能浪费呀！

当时，我和这个朋友正在 Whats App[1] 上随意地聊天，他给我讲这件事时我才知道，他坐飞机到了莫斯科，可是我现在不在莫斯科，而是在苏黎世附近。他虽然脑袋转得慢，反应有点迟钝，但也马上想起来，他也很快要飞往苏黎世了，而且我俩还要在同一天坐飞机离开苏黎世！还好，不是一个航班，否则，真像笑话里说的："我用三年时间才把你们这些西伯利亚人聚在一架飞机上！"怎么会有这么巧的事儿！

接下来的这个笑话是我的一位捷克同事在从柏林到莱比锡参加书展的路上讲的："学理科的人对于生活中的一切现象，都只会提出一个重要问题——如何启动机器？学习自然科学的人会问——机器为什么要运行？学习人文科学的人对这个世界只有一个问题——加番茄酱吃还是加芥末酱吃？"

高科技逐渐普及并应用到了贸易领域，如"小五"连锁

---

1 Whats App 是用于智能手机之间通信的应用程序。——译者注

超市里已经安装了自动收款机，您只要将要购买的商品放到购物车里，把购物车推到自动收款机前，扫描所有商品，用卡支付后，自动收款机为您打印出购物小票，您就可以回家享用自己的商品了。就像一则笑话里所描述的那样，赌场里有人对瓦西里·伊万诺维奇·恰巴耶夫[1]说："在我们赌场参赌的人，只用说出自己的底牌，不需要检验。我们相信您是君子，是有信用的人。"所以，瓦西里·伊万诺维奇·恰巴耶夫就靠骗术在赌场里一夜暴富……试问，这种靠信任结账的方式是否让一些人钻了空子？

弗朗西斯·吉姆在小说《吸血鬼姐妹》中描写了一个祖父，带着两个十几岁、还未成年的外孙女。他年纪很大，却还在汽车营销店工作。他的传奇之处在于，到他的汽车营销店买车的顾客，没有空手离开的。

他的主要营销策略是，在劝人买车时，他总是说："您知道吗？一个女人平均每年买六双鞋。而我们这些男子汉，难道不能允许自己几年才换一辆新车吗？拜托您多替自己想想吧！"营销的秘诀主要就在于说出那些真正能打动人心的话。虽然有时难免夸大其词，毕竟每年或许只有足球运动员才能穿坏六双鞋吧！

弗朗西斯·吉姆的作品中我不仅翻译了有关吸血鬼女孩

1 瓦西里·伊万诺维奇·恰巴耶夫是苏俄国内战争时期著名的军事领导人，经常在笑话和轶事中被提及。——译者注的书，还翻译了小火山人的故事，即一个男孩和一个女孩，与家人一起生活在火山群中。这两个小孩——乌尔卡和弗拉姆比雅经历了各种冒险，每次都能获救——不是火山喷发的反作用力，就是火山喷发的热力救了他们。

出版社在详细地了解了这些书的内容之后，给我支付了稿费，但是仍然不确定是否要出版这些书。出版社担心书里一些违反礼节和禁忌的内容会招来麻烦，或许是担心这样的书会触碰“奥弗顿窗口”[1]的底线？我的三个孙子从街上学会了一些低俗不堪入耳的粗话，但是，他们都已经受到了良好的教育，很清楚哪些话是不能带回家的，哪些话是家里绝对禁止说的。

在这个问题上，我一直在捍卫自己来自一个农民家庭世世代代所形成的禁忌传统。楚科夫斯基[2]曾经说，他祖母骂人时总是说：“见鬼去吧！见鬼去吧！”而我祖母在骂人时却说：“见上帝去吧！见上帝去吧！”我沿袭了自己祖母的习惯，骂人时也说：“见上帝去吧！见上帝去吧！”

在为孙子们准备午餐时，我绞尽脑汁地想儿童读物里强盗骑士罗德里戈·劳宾的名字怎么翻译更好——是罗德里戈·棺材匠，还是罗德里戈·臭皮匠。

---

1 奥弗顿窗口，是指公共话语思想容忍的范围，也称为话语窗口。政治学家、政治分析家、历史学家多使用这个概念。—— 译者注

2 楚科夫斯基（1882—1969），苏联作家、批评家、翻译家。——译者注

在幽默表现方面，适度的克制总比突兀的酸涩要好。德国人就相当克制，他们的幽默语言很得体。

这时，孙子们已经纷纷坐到了餐桌旁，开始讨论一个重要的话题——吃什么有利于健康，吃什么不利于健康。

我用一句话彻底中断了他们的争论："吃到嘴里的东西都有用！"

孙子们都笑了起来，七嘴八舌地重复着我说的这句古老名言。这句话既朴实又充满智慧，是人们在狩猎猛犸象和用编织的竹篓打鱼的闲隙，在篝火旁小憩时总结出来的。

或许在不久的将来，我的孙子们在想起这句话时，还是会说："还记得我们没文化的祖母是怎么说的了吗？"

我在柏林的德语翻译家研讨会上度过了充实的一周。我们三十多个处于不同年龄段、来自世界各地的翻译家聚集在一起，仅在很短的时间内，经过亲密的接触后，就像在一个战壕里出生入死的战友一样，瞬间组成了一个和谐互助的团队。

我们团队里令人瞩目的核心人物是英国人罗茜，她是所有活动的组织者。比如，在研讨会快结束时，总是喜欢哈哈大笑的"安"（泰国人）在商店里被人割了包，钱包和所有的钱都被偷走了。正是罗茜把一个信封放在了每个人面前，然后我们迅速把这个信封塞满了钱。我甚至毫不怀疑，放进去的钱要比"安"钱包里原有的钱还多。

这个团队的另一个核心人物——巴西人阿尔多·博尼法西奥也很快受到大家的关注，他才华横溢，身兼数职：既是一个中学德语老师和弹吉他的诗人，也是一个悲伤的小丑和一本正经讲笑话的人。会议的最后一晚，我们聚在叙利亚餐厅，他给我们表演了歌曲，在每首歌开始之前他都拨动着吉他琴弦喃喃自语地说："这将是今晚最大胆的表演，下一首歌，和我一起演唱的将是，你们都知道的，赖内·马利亚·里尔克[1]，感谢你们和我一起度过这个难忘的夜，对不起，是难忘的夜晚……"

团队中最健谈的是一个印度人，他德语说得分不清词语的个数，但听起来很连贯。去过印度的人都知道印度整个国家的人说的都是这种蹩脚的英语。

这里话最少的就是我了，因为我连俄语都说不好。然而，在我们刚刚各自回到家之后，所有人都不约而同地登录"脸书"[2]，他们甚至把我也找到了，尽管"脸书"上我连个用拉丁字母拼写的昵称也没有。然后，所有人都相互加了好友。

这难道不是奇迹吗？

在第一次长桌晚宴上，我们的组织者尤尔根先生让每位翻译家都站起来（他们分别来自塞内加尔、巴西、蒙古、波

---

1 赖内·马利亚·里尔克，奥地利诗人，20世纪最具影响力的德语现代诗人。——译者注

2 即Facebook，美国的一个社交网络服务网站 。—— 译者注

兰、意大利……）做自我介绍，讲一下自己来自哪里，现在正在翻译什么德语作品，都译成哪种语言。一位女孩在介绍自己时，特别强调说："我来自北马其顿，正在把德语作品翻译成马其顿语。"尤尔根先生立即追问："难道不应该是翻译成北马其顿语吗？"

我问坐在旁边的加拿大女翻译家，她们那里天气如何。她回答说："雪到这里。"然后用手比画了一下鼻子下面。

一个英国女翻译家，走到哪里都被人问："你们的脱欧情况进展如何？"搞得她不胜其烦，会上她起身，直接坦率地介绍自己说："我来自脱欧国家……"

在飞往柏林的航班上，我弄明白一件事，俄罗斯航空公司开始像我们这些普通老百姓一样节约用度：午餐只给了一个三明治和一个苹果。这对于正在减肥的我来说，只有好处，但我却为"俄罗斯帝国"感到耻辱。

德意志强国也不轻易显露任何财富，德国人一直固守着自己的低调和平和。只有坐在廉价的劣等车厢里的罗马尼亚人才会大嗓门地互相叫嚷，毫无顾忌地宣泄自己的情绪。

下面我们来看一组简单的数字。仅仅一、二月份，我们的"殖民主义老板们"就从本国榨取了200亿美元，平均每月100亿美元，折合成卢布就是7000亿[1]。

---

1 该作品原作发布于2019年，按照当时的汇率，1美元大约可兑换70卢布。下文同此标准。——译者注

按1.4亿人口计算，每人每月上缴的赋税就达5000卢布。

如果全俄罗斯人民月平均收入为27000卢布，那么，5000卢布几乎是每个人月收入的20%。

给蒙古人进贡时期，也不过是这个数字的十分之一，即500卢布。那时的人还是很仁慈的。

我的前夫曾嘲笑我记日记，制定清晰的作息时间表，而他本人什么也不记，理由是重要的事情他不会忘记，而且，一旦他忘记了什么，那就一定不是重要的事情。

到目前为止，我们各自坚守自己的原则，从没有出现让我们尴尬的局面。

我出生于1948年，我们这代人小时候都会得一些儿童疾病，如麻疹、猩红热等。但是，这些疾病被认为是每个孩子都必得的病，并没有给我们带来什么严重后果，最多也就是在床上躺一星期。后来，在填写病历卡时，医生问我得过什么病，我很诚实地回答："什么病也没得过，只得过一些小儿病。"我不理解"麻疹流行"为何会引起那么大的恐慌。

我的两个女儿，一个反对接种疫苗，另一个赞同。我保持中立，只是留心关注着在同一环境下长大的三个孙子打过疫苗和没打过疫苗的健康状况。到目前为止，还没有任何差异。

正如医生讲的笑话："你们以为自己是健康的？这只不

过是因为我们没有给你们做仔细的检查罢了。”

我还找到了治疗神经根炎的最佳方法：在连下三天大雪后，把三百平方米广场上的积雪清扫干净。要不然能怎么办？要出门，就必须得把车子从院子里开出去呀！

牛顿通过苹果从树上掉下来发现了万有引力定律，阿基米德定律也是物理学家亲自试验得出的结论，可我却悟出了扫雪能治疗神经根炎的道理。

我今天去见了小女儿和她的丈夫，并收到了他们的礼物——他们合写的一本书。他们把合作完成这件事进行了特别强调，在书的版权页上写着：这部小说的创意来自导演阿格拉娅·库尔诺森科。

看来，他们的婚姻成果不仅仅是生育了孩子，还诞生了文学作品。

我开始读安德烈·鲁巴诺夫的小说《菲尼斯特是一只矫健的雄鹰》，然后沉迷其中，无法自拔。我不知道安德烈·鲁巴诺夫是怎么做到的！

我简直太着迷了，仿佛从没读过这类书一样……

这本书描述了我们俄罗斯人身上都具有的一个乐观而真诚的特征，也就是俄罗斯人的第四特征，或许是人最重要的特征——全民性的忧郁品格。这是一种特殊的心理特征和理性态度，无论是谁，你或者是周围的其他人，都不对未来抱有任何美好的期待。

他们把这种心理状态比作“从容自若”。

每个新的一年都可能比上一年寒冷。

每个新的严冬都可能危害所有人。

从远古时代开始，每个原始人都像战士一样想着自己可能就是下一个将要死去的人。

……死亡随处可见，它随时发生在我们的身边，我们的周围，我们的身后。

原始人面临死亡的威胁，而我们面临饱食、虚荣和满足感所带来的后患。

……他们这些生活在底层的人，真的几乎总是非常郁闷，通常只有在喝上几桶家酿的高度啤酒后才会活跃起来。

……他们经常保持沉默，即使开口说话，也说得少而简短。而且，如果可以什么都不用说，那他们就不说，但是他们可以用手势回应，难道他们能总是用手势回应吗？

这就是我从这本书中真正感受到的。书就是按照这种风格写的，内容十分简短，几乎全是用手势表达。我不知道这五百六十八页是怎么码出来的。一个多余的词都没有。

已经有人说过，这本书是对“各国政要之间权力游戏”的斯拉夫式回应。在我阅读《菲尼斯特是一只矫健的雄鹰》这本书的时候，我就意识到了是什么力量驱使我在夜里观看按季节播出的电视连续剧。

这本书表达的就是人对幸福的渴望。对世界的了解能使人幸福，好像你所有的知识、经验和对世界秩序的猜测都在你的眼前得到了科学的认证。不知为什么，这种幸福感往往来源于远离现实的虚无主义的事物上。

严格地说，我并不是科幻小说爱好者，而且根本不喜欢读自己亲戚的作品。总的来说，这是我读过的我女婿写的十一本作品中的第一本。之所以是这样，是因为我相信一条不成文的道理：了解得越少，睡得越好。我曾经读过他的一本书，只读了三四页，就认定他是一个非常好的作家，然后就安心地不再往下看了。

诗人列昂尼德·奥夫钦尼科夫曾经把他的第一本书送给了在农村生活的母亲。第二天早上醒来时，他看到母亲把他的书盖在了牛奶罐上，防止苍蝇掉进去。母亲做得没错！她也奉行着这样的原则：了解得越多，就担心得越多。

我们再回到《菲尼斯特是一只矫健的雄鹰》这本书上来，你会惊奇地发现，作者是明显的女权主义者。尽管加琳娜·尤泽弗维奇[1]在评论中写道："女孩玛丽亚在这部作品中并没有表现出那么鲜明的个性，那是因为她的身份是国王的侍从。"三个讲故事的人中谁都不敢把自己的意志强加给玛丽亚，都在等待她的决定。他们心里担心的是："万一玛丽亚不喜欢他呢？万一我喜欢她，但她不喜欢我怎么办呢？"

1 加琳娜·尤泽弗维奇是俄罗斯文学评论家。—— 译者注而老巫婆亚兹瓦曾经公开宣布，世界秩序、世界的发展方向将由女人掌控。

还有一个细节是瞒不过亲近的人的，也许也瞒不过陌生的读者：作者是作品中“小女孩”的父亲。这可以通过他小心的手势、谨慎的选词察觉出来。

顺便说一句，在书后面的封底页上印刷“本书中含有粗野的骂人话”根本没必要，压根儿就没有。

苏联时期，七十年代，我做工程师的时候，经常要乘飞机从新西伯利亚飞往一些电子工业城市（斯摩棱斯克、维尔纽斯、泽列诺格勒）。那时没有互联网，坐飞机和住旅馆都很便宜，但是飞机航班和旅店很少，所以一定要与人分享。国民经济成就展览馆的宾馆里每个房间有六个床位，每张床上睡的都是出差的人。

老实说，我喜欢这些偶然的相识，并且和我曾经一起住过的一个室友让我终生难忘。从理论上讲，我知道有一种女人会提前一小时起床把自己收拾得妥妥当当、漂漂亮亮。但对我来说，这一个小时的“睡眠”时间总是比较珍贵，不吃早餐没问题，至于化妆，也只是简简单单洗个脸。

现在这个时候，我的室友已经醒了，开始梳洗打扮。那是我一生中最甜蜜的一小时睡眠。不知是什么东西的橡皮筋发出的咔嗒声，扣子扣在一起的咔咔声，发刷梳头发出的沙沙响，滋滋的喷发胶声，拧开口红盖和旋转粉刷的声音，然后粉盒砰的一声再合上，这混乱的交响乐对我毫无影响。在这种舒缓的丝绸沙沙声以及我不知道的莫名的响声下，我仍然酣畅淋漓地睡大觉。正如我的女友娜佳·盖杜克所说：“黑发女人天生丽质，一起床，什么都不用画，眉毛和睫毛都有了，我们就没有这么幸运，只有经过一番折腾才会变美！”

作为一个女人，我对女人的事情关注得极少，每天都是无休止地工作。我的一个女友，格里申诺夫海军上将的遗孀说过：“你还有什么不满足的？我作为一名军官的妻子，出门前从来没给过我超过五分钟的准备时间。”

我翻译的另外一本书里有这么一段描写：在欧盟委员会的一次会议上，有人谈到欧洲的电网不稳定的问题。报告者反复提到基尔霍夫定律，根据该定律，要对电线的电传输量进行限额。有几位代表很不喜欢他的说法。他们很愤慨地说：“哪儿来的这些定律？定律是可以修改的！”

正如您所了解的，基尔霍夫定律是与电有关的电学方面的定律，有一些不可违反的自然法则，不是通过制定国家法律就能撼动的。

与此同时，我们的国家杜马突然批准了关于居民楼外所有土地都划归政府所有的第503785-7号法案。与这条法案相比，莫斯科市市长索比亚宁的城市改革方案就像矫揉造作的姑娘与街头黑帮之间的对比。两个法案的实质都是要改变自然规律。如果我每晚辗转反侧难以入睡是因为担心英雄城市的昆采沃区在高峰期存有严重的交通堵塞问题，那么，我的日子是不是过得太安逸了？就像奥库扎瓦[1]在歌中唱到的：“我的心里只有你，这样活着是否不甜蜜？”

让我感到羞愧的是，一个受过高等技术教育的人，如此不信任自然法则和辩证法。莫斯科的土地改革、人口密集化和对个人财产权的侵犯让多少人担惊受怕呀！我没有任何财产，如果不算我的“大宇马蒂兹”小汽车的话。

量变到一定程度会发生质变。这些希律王般的“残暴者”拆毁了一座宏伟的建筑——位于科斯第扬斯克街13号的“文学报”大楼，但仅此一个楼的废墟就将占据垃圾填埋场的一半。在“密集的高层建筑群”还没有占据整个莫斯科之前，恐怕第一建筑工程公司就已经淹没在自己制造的垃圾中了。

上帝是不会允许这种事情发生的。（好吧，是自然法则不会允许这种事情发生。）

大概是1990年，一位美籍斯拉夫族的女士想和我聊聊天。于是，我们从“莫斯科作家俱乐部”回到我家。我的好朋友也跟着一起来了。她是个社交名媛：只要她一开始说话，其余的人就可以安心喝酒、吃东西了，因为根本轮不到他们发言。我的这位美籍斯拉夫族朋友听着我女友夸夸其谈，时而惊讶，时而赞许，偶尔她也能插上几句话：“我的看法与

---

1 奥库扎瓦，俄罗斯吟游诗人、散文作家和编剧、作曲家。他创作了200多首流行歌曲，是20世纪60至80年代创作歌曲最杰出的代表之一。—— 译者注

您不同，但是我对您的思路很感兴趣！”

我受益匪浅，上了一堂难忘的课。

还应该学会使用这句话：“我有不同的看法，但是我对您的思路很感兴趣！”

而更好的办法是根本不参与讨论。就像布罗德斯基[1]的诗歌《不要走出房间》里写的：“我隐姓埋名，不显露，故我在，而不是我思，故我在。”这是幸福的主要秘诀。

有一次，我乘坐从莫斯科始发的晚班电车，坐在过道旁，对面窗户旁坐着演员叶夫根尼·齐加诺夫（他是电视连续剧《解冻》的主角，如果我没弄错的话）。他在和一位上了年纪的亲戚聊天。他讲话声音不大，但情绪高昂，表情丰富。毕竟，演员们都长着一张表情丰富的脸，让人着迷，我也一样，禁不住盯着他看。

我明白，当我们盯着别人看个没完时，是多么令人讨厌。于是，他努力把头转向黑暗的窗户，多给自己留一些个人空间，但是有一瞬间我发现，他正悄悄地透过窗户的反射看着我，看我是否在关注着他，是否已经听够了他一个人的独角戏，看他是否有能力掌控现场。

显然，我没有让这位好演员感到失望，因为当我和小孙女阿丽亚德娜起身下车往出走时，他给了我的孩子一个独特

1 约瑟夫·布罗德斯基，俄裔美国诗人、散文家、剧作家、翻译家，1987 年诺贝尔文学奖获得者，1991—1992 年美国诗人奖获得者。—— 译者注

而迷人的微笑。而且他不知道阿丽亚德娜正是那个叫阿格拉娅·纳巴特尼科娃的小女孩的女儿，他们在十几岁的时候曾在麻雀山上的电影学校一起学习。

我的乌克兰情结

Моя Украина

娜塔莉娅·梁赞采娃 著
吴涵 译

娜塔莉娅·梁赞采娃

Наталья Рязанцева

娜塔莉娅·梁赞采娃，俄罗斯著名编剧、艺术家、作家，俄罗斯国立电影学院教授。1938 年出生于莫斯科市，1962 年毕业于俄罗斯国立电影学院编剧系，1987 年获得“俄罗斯联邦功勋艺术家”称号。代表作有《声音》《不要告诉妈妈》《别人的信》《谁也不想离开》《告别》等，其中多部作品都已拍成电影。

1

故事要从我们的“家庭女工”弗罗夏，也就是叶芙罗西妮娅·阿夫克先季耶夫娜·布勃利克开始说起。现如今，人们都避免使用“家庭女工”这个词，可战前一直就是这么称谓她们的，就连正式文件里也是这么称谓她们的。显然，这是为了避开使用“女仆”这个旧制度词汇。我已不记得弗罗夏是何时来到洛辛卡的了，或许是我已经出生但还不会说话的时候。我从大人们的谈话中得知，当时祖母极其反对外人进入家中，尤其是农村人，如果是从乌克兰来的农村人，那就更不行了。但实在是没有别的办法了，所有人都要工作：爸爸需要边工作边读博士，妈妈生完我休完产假之后也要出去工作，而祖母当时正在一所学院教授英语，他们每天都要从“驼鹿”站坐电气火车去莫斯科上班。可家里的活儿谁来干呢？谁来给菜园子松土？谁来劈柴，给灶炉生火？谁负责从井里打水呢？最终，祖母见到弗罗夏之后才算找到了妥协的方案。弗罗夏有一口洁白的牙齿，粗粗的辫子在头上盘成一圈，是一位体态端正的美女。她来自基洛夫格勒州的某个村庄，所有的农活她都会干。

我喜欢弗罗夏那柔和的乌克兰口音，祖母却生怕我跟弗罗夏学上乌克兰的口音，她不认为乌克兰语是单独的一门语言。后来家人们告诉我，我开口说的第一个词儿就是跟弗罗夏学的，我最喜欢用乌克兰语说“不”这个词儿。这激怒了我的祖母，她很生气。我的妈妈叶列娜·伊万诺夫娜也在乌克兰长大，在斯诺夫斯克市，但这完全不同于弗罗夏所出生和长大的乌克兰地区。斯诺夫斯克市位于乌克兰北部，靠近白俄罗斯，该地区居民所讲的乌克兰语是多种语言混合在一起的语言，即所谓的多语种融合语。

战争爆发时，正赶上我们在亚历山德罗夫市附近的梁赞采沃村，村子就位于雅罗斯拉夫公路沿线。虽然那时我还不满三岁，但我清晰地记得俄式火炉以及生病躺在火炉墙边的祖父。不过我们是怎么得知德军已经攻到我们这里的消息的，我却一点儿也记不清了。那个村子连每家每户挂在墙上的黑碟子状的收音机都没有。我们费了很大的周折才逃出这个村庄。我记得当时我们的卡车陷在泥潭里，男人们都下来推车，而我则在草地上跑来跑去采野花，他们差点儿就把我丢在那里，因为大人们是轮流抱着我的，最后差点儿把我忘了。后来，我们被人群拥着挤上了一列火车，而回家——回洛欣卡的家是坐着轨道车走的。

1941 年的夏天已经从我的记忆中消失了，我只能根据祖母的日记本回想起当年的情景。而在同年秋季，洛辛卡就已遭到德军的轰炸。我家在菜园子里挖了个避弹坑，沿着乌里扬诺夫斯克通道走过两栋房子，紧挨着铁路尽头的地方还有个浅水池塘，这个池塘被用来蓄水，以便及时扑灭燃烧弹。执勤人员检查了我们家的窗帘，以确保窗帘是完全遮光的。我们家的那个大的蓝色收音机被收走了，各家的收音机在留了凭条之后都被收走了。我们楼上的邻居也不见了，他们家姓施密特，也就是说，他们早已是俄化了的德国人。而所有的德国人都被不分青红皂白地从这里驱逐了。父亲也已经不在莫斯科工作了，他所工作的莫斯科铁路管理局被紧急撤离到了雅罗斯拉夫尔。莫斯科已做好应对敌人袭击的准备。弗罗夏是所有人中最焦虑的，她的故乡——基洛夫格勒州早就被德国人攻占了。我记得大家当时各种慌张失措，没完没了地谈论着该如何疏散的事情。我本不应当在大人们跟前转来转去添乱，但妈妈不想撤离，她哪儿都不想去，因为她已经怀孕七个多月了，而且这些天以来她一直在排队买东西，无论是在莫斯科，还是在卡兰乔夫斯卡。所有人都在储备面粉、肥皂与植物油。

爸爸的哥哥，也就是我的大伯米佳，在监狱服刑两年后，被流放到了托木斯克。他很幸运——作为一名无线电通信专家，他那时是不可多得的人才，他被派到了托木斯克郊区的一个小镇——科尔帕舍沃，那里有个非常重要的设施，即所谓的集中营科研基地。在那里，他除了干自己本职工作，还能以函授的方式进行学习，此外，他还置办了一些家业。当敌军开始接二连三的轰炸之后，我们的弗罗夏就被送到了他那里。每天晚上，当警笛鸣起，从黑色的扬声器里传来“公民们，空袭”的通知时，弗罗夏就会立刻尖叫起来，钻到床底下。床是弹簧床，所以弗罗夏美丽的辫子总会被什么东西勾住。我到现在还记得，当时妈妈一边从床底下拽她出来一边说：“快跑，进避弹坑。”可弗罗夏却爬不出来，因为她的辫子被勾住了。

那个时候的我却很喜欢防空警报，还给菜园子里的避弹坑取了个名字，叫“小坑”，并且非常喜欢往那里跑。这些都是我长大之后从祖母的日记中读到的，可是弗罗夏钻床底下这件事情我却记得极其深刻。

1943 年我们从雅罗斯拉夫尔返回自己的家，也不差不多是那个时候，弗罗夏也从科尔帕舍沃小镇回来了。她承担了家里的所有重活儿——从井里挑水、生火做饭等。

妈妈讨厌去公共澡堂，因此就直接在厨房里给我们洗澡了，把我放在洗衣盆里洗，把弟弟放在儿童浴盆里洗。弗罗夏去公共澡堂洗澡，她要走很远，要穿过铁轨上方的人行天桥，走到马路对面，朝洛西诺奥斯特洛夫斯基的方向走很远才能到那里。弗罗夏原本想要带我一起去，但被妈妈断然拒绝了，因为担心我在公共澡堂里会染上虱子。妈妈洗澡却要去莫斯科，去她住在火车站附近的一个女友家里洗澡。现在想来，大人们对弗罗夏的不满就是从给孩子洗澡所产生的分歧开始的，但我还记得一些由于其他原因而引起的争吵，当然都是我偷听到的。“你不要去梅津采夫家，他们家的人总是喝那种自酿的高度白酒，总是吃偷来的东西，而且还吸烟！也有人看到你吸烟了！昨天，在井边看到的！看看你都交了一群什么朋友啊！都是些十恶不赦的家伙！你是不是也跟她们一起爬火车偷东西了？”

弗罗夏坚决否认并发誓保证自己没有爬过火车，也从来没有沾过白酒，也就是伏特加。我们这儿的铁路线尽头停满了货车厢，有时这些货车厢里会有一些好东西，譬如食物、布匹之类的。邻居们不知道从哪儿打听到，哪个车厢有哪些货物以及用什么工具可以将其打开。我们的弗罗夏当然没有偷东西，但她同那些终日饮酒、唱歌、跳舞到很晚的女邻居的关系却非常要好。妈妈的嗅觉十分灵敏，于是有一天就发生了一件极其糟糕的事儿——她在弗罗夏的围裙里竟然发现了黄花烟。哎，这下可不得了了！

弗罗夏到了该结婚的年龄了，她已经快三十岁了，可是德国人还没有被赶出乌克兰，她无家可归。我记得她有一个装嫁妆的大箱子，她给我看过，里面有华丽的真丝披肩、一套崭新的内衣及几块衣料。我尤其喜欢那块深绿色的降落伞绸料，那显然是从货车厢里偷来的。

妈妈的亲戚们（她哥哥一家于 1937 年被捕）都留在了

乌克兰的斯诺夫斯克市，我们一直没有他们的任何消息。后来卡佳姨妈突然来了一封信——信里的消息让人很绝望！当他们生活在被德国人占领的乌克兰时，卡佳曾在一个食堂工作，这份工作能让她养活三个女儿。1944年，他们被驱赶到了德国的某个地方，她的三个女儿一整年都在车厢里度过，即所谓的取暖货车里，没办法上学，吃的都是残羹剩饭，任何人、任何地方都不需要她们。当他们从里加返回故乡斯诺夫斯克市的时候，已经一贫如洗，因为卡佳一直在德国人的占领区工作，而且还是被镇压对象的妻子，所以她完全成了一个被剥夺一切权力、不受法律保护的人。他们住在一个地下室里，靠扎扫帚卖钱来糊口。有些人出于对孩子的怜悯，会给他们一些零钱或者食物。三姐妹中最大的瓦利娅十一岁，老二舒拉九岁，最小的妹妹塔玛拉七岁。卡佳姨妈的来信中还夹着一张照片，照片上是三个长得干干净净、体型瘦削但很漂亮的女孩。

收到信后，妈妈痛哭流涕，并即刻出发前往斯诺夫斯克市，把卡佳姨妈家的孩子们接过来，好让卡佳姨妈重新安顿下来，还让她把证件换掉，逃离家乡斯诺夫斯克。卡佳姨妈在乌格利奇有些亲戚，她指望这些亲戚能帮她一把。我妈妈只带了两个女孩回来，她们是姐姐瓦利娅和最小的妹妹塔玛拉，二女儿舒拉则跟着卡佳姨妈一起去了乌格利奇。

当然，我不记得大人们的谈话，或许也不记得发生在我们那个过于拥挤的住宅楼里的争吵。两个女孩被安排住在"大"房间里的大沙发上，这样一来，弗罗夏就没地方睡了，只能睡在放在厨房里的大箱子上面。

这是弗罗夏装嫁妆的箱子，对那时的我来说，它就是一个神奇的魔法箱。箱子里有华丽的流苏披肩——有一条淡紫色的和一条黄色的，里面还有一些祖母十分讨厌的用破布做的假花，几撮染了色的茅草，以及几个放在香水盒子下面的珠串和指环。

我记得弗罗夏在办理文件时有特别多的麻烦事儿，时间拖了很久，她需要以一个"良民"的身份回到被解放的乌克兰，得有盖章确认工龄的工作证明文件，还得带上自己的宝贝箱子，这箱子好像是用运送行李的车厢运回去的，速度相当慢。

我记得，同弗罗夏告别时，我们的眼里都噙满了泪水。妈妈说，如果之前有什么得罪弗罗夏的地方，希望能求得她的原谅。弗罗夏也哭了，她说我们现在就是一家人，如果她有什么做得不好的地方，希望大家都能忘记不愉快的事情，只记住一切美好的。

2

我们很快就收到了弗罗夏寄来的一封简短的信——她还是在战争期间才学会写字的，所以写得文理不通，字也歪歪扭扭的，但我并不为此感到惊讶，因为当时苏联全国近乎一半人都是文盲，有些人仅能勉强会签自己的名字，更不要说落后的乌克兰了。

弗罗夏在信中还炫耀了一番，她说她找到了工作，还结了婚。她还寄来了一张照片。丈夫是一个眉毛乌黑的英俊小伙，年纪比她稍小一些，虽然他们暂时还“未登记结婚”，但弗罗夏已经怀孕了，她希望是个女孩，这样就可以给她起名叫娜塔莎，跟她最爱的我同名。

孩子出生了,起了名叫娜塔莎,但她却和丈夫离了婚——原来，她丈夫在外面有很多类似她这种妻子，她是第九个，而且几乎所有女人都为他生了孩子。

其实，这也没什么可大惊小怪的。因为男人变少了，女人却很多。例如，在我班里，超过一半的女孩都是在没有父亲的陪伴下长大的。她们都说“父亲在前线牺牲了”或者“失踪了”，然后有分寸的女老师们也就不再打听了。尽管她们知道有些人的父亲在战争之前就被监禁了，而在有些人的出生证上，其父亲那一栏就是空白的——她们有过父亲，可是现在已经没有了，还有些人根本就不知道关于亲生父亲的任何信息。

我们一般只有在节假日的时候才会收到弗罗夏的明信片，然而突然有一次，大约十五年后的某一天，我们收到了一封厚厚的来信，信里还夹着几张照片。照片上的小姑娘就是娜塔莎·布勃利克，照片中的她身着不同的戏剧服装，摆出各种各样的姿势。信上说她很想成为一名演员，所以在一个文化宫报名参加了戏剧训练，她唱歌、跳舞都非常好，并说等到寒假她来找我们的时候，让我们看看，她到底适不适合学习表演专业。

照片中是一个矮小而结实的姑娘，非常漂亮，戴了一顶插有扇形羽毛的歌剧帽。后来，我们见到了娜塔莎本人，她随身带了一个非常大的行李箱。行李箱里有一只被收拾好了的公鸡、几罐果酱和水果罐头——这些都是弗罗夏让她带来的新年礼物。

基辅火车站对面有一个“圆顶房”，我的爸妈当时就住在那里的一套四室住宅里。我爸爸晋升当了领导，所以我们家并不缺食物，但很显然，弗罗夏仍停留在人们相互邮寄食物的饥荒年代。每逢节假日时，爸妈就会去“索夫米诺夫斯基”膳宿公寓疗养，我就成了一家之长。同往年一样，一到假期，我的表弟鲍里亚便从利沃夫来我们家过暑假。

弟弟尤拉去火车站接了娜塔莎，回来之后他便躲在自己房里，说他不负责任何事情。他是对的。娜塔莎是一个体格健壮的活泼少女，也可以说是一个“性感的女人”。爸妈刚一离开，她便丝毫不觉得难为情地说道：“一会儿有些男孩来找我，我把地址告诉他们，这没什么吧？”然后就来了三个在职业技术学校学习的男孩。娜塔莎在厨房忙了一会儿，然后稍微挪动了下我房间里的家具，他们便坐下来开始玩牌了。

我的弟弟们很担心他们，问道："你们今晚在哪儿过夜啊？之后你们打算去哪儿？"

原来，这些男孩是娜塔莎在火车上认识的，他们一路都在打牌——输的人被弹额头。其中一个男孩是莫斯科人，或者是他的亲戚住在莫斯科，另外两个男孩都来自乌克兰。娜塔莎喜欢上了其中一个男孩，而另外两个喜欢上了娜塔莎。这三个人第二天又来了。

我记得当时我从商店回来，路上风雪交加、寒风刺骨，而我们家七楼却敞开着窗户，音乐响彻整个院子。娜塔莎把又大又沉的电唱机放在窗台上，想让所有邻居都知道，他们到底有多开心。"怎么了？不行吗？"娜塔莎又让男孩们把电唱机搬到我爸妈的大房间，而我终于可以使用自己的书桌了。

我当时住在列宁格勒[1]，由于一些莫斯科的急事儿暂住在爸妈家。夜晚我在工作的时候，耳边还时不时传来愉快的音乐声和娜塔莎的尖叫声。他们像孩子一样嬉戏打闹——打牌输了的已经不是弹额头，而是脱衣服了。

我的爸妈已经安排好了整个假期的"文化活动"，还买

1 即后来的圣彼得堡。——译者注

好了剧院的门票，其中一次我们就一起去了大剧院，看芭蕾舞剧。当时爸妈让来自利沃夫的表弟鲍里亚负责把娜塔莎带去大剧院。鲍里亚一直盯着娜塔莎，看这个大美女如何穿戴打扮，她换了一套又一套上衣和短裙，把棉皮鞋换成平底鞋……他一遍遍地催促她。终于，两个人坐上了车，又换乘到了剧院广场。可就当他们步行穿过广场的时候，在大剧院的街心公园那儿，娜塔莎突然开口说道："我哪儿都不去了。"她一屁股坐到长椅上，开始擦拭起自己尼龙长袜沾上的雪。"我们要迟到了！"鲍里亚说。"我不去了，我的袜子被弄脏了！"娜塔莎说完便不走了。

我不记得这件事最后是怎么解决的。当时鲍里亚在街心公园急得团团转，内心十分焦虑不安，他心想：芭蕾舞剧今天肯定是看不了了，现在售票处肯定已经不卖票了，也不能把一个女孩单独留在莫斯科市中心的长椅上，万一她不能安全到家，中途迷路了或是遇到流氓了怎么办……

很多年过去了。按年龄，鲍里亚·阿娜多利耶维奇·奥斯图金该退休了，但是他仍在利沃夫大学教数学。他会说乌克兰语、波兰语和英语。娜塔莎·布勒利克在鲍里亚的记忆里就是一个"地狱的魔鬼"。鲍里亚一直清晰地记得那天晚上关于剧院的每个细节。他那个时候就应该猜到，娜塔莎当时并不想去剧院，那天晚上她应该是有自己的安排，所以就在去剧院的路上想出了"袜子脏了"这个借口。

之后娜塔莎又来了莫斯科很多次。中学毕业以后，她就嫁给了一位摩托车手，她丈夫好像是西伯利亚人，娜塔莎戴着头盔，坐在他身后，同他一起游遍了整个国家。后来娜塔莎抛弃了这个西伯利亚人，她又爱上了别人，并想与他组建家庭。

我最后一次见到娜塔莎是在我爸妈的另一套房子里，这套房子位于聂欧帕里莫夫斯基小巷。当时她正在用她那套“公共餐饮业”特有的方法清洗煮锅、平底锅等厨具。她曾在食堂做过洗碗工、清洁工。她早就忘了自己的舞台梦了——“只有走后门才能被录取！”但她也并不灰心，她说：“哎呀，我不会在任何地方倒下，人活着，不管在哪里总是要吃饭的。”她还经常给“老太婆廖利亚”，也就是我妈妈，讲述自己的爱情奇遇，却从来不抱怨，她始终认为自己是真正的赢家。娜塔莎·布勃利克是一个自由的人，她是自己命运的真正主人。

神父亚历山大

Отец Александр

莉季娅·格利高里耶娃 著
冯宇 译

莉季娅·格利高里耶娃

Лидия Григорьева

莉季娅·格利高里耶娃，生于1945年8月，俄罗斯女诗人，小说家，艺术摄影师，俄罗斯作家协会会员，世界艺术与文化学会会员，欧洲文化协会会员，国际创作协会会员。莉季娅·格利高里耶娃参加过许多国际文学会议、研讨会以及世界诗歌大会，她的诗歌被译成英语、日语、法语、捷克语、斯洛伐克语、汉语、阿拉伯语及其他多种语言。莉季娅·格利高里耶娃出版了多部诗集和两部诗体小说，诗人将自己的哲学思想和自我嘲讽完美地融入了诗歌这样简短的艺术形式中，她的四行诗读起来朗朗上口，让人印象深刻。其代表作品有《英格兰——苏维埃国家》《梦境之诗：那些梦到的诗歌》《约会》《永恒的主题》《花园中的梦境》等13部诗歌和散文作品。

去教堂得倒三趟车：先坐公共汽车，然后坐有轨电车，最后还得坐上在胡同里绕来绕去的无轨电车，走上几站。教堂里人很多，星期天第一轮晨祷的人还没散去，做日祷的人已经进来了。等候做忏悔的队伍很长，尽管有两个神父同时为大家做听忏悔的服务。

她本来不是这个教区的教民，只不过在这个城市的所有教堂中，这个教堂离她家最近。她环顾了一下四周，最终站在了她感觉不太长的那个队伍的队尾。她像以往一样小心谨慎，生怕做了什么不合规矩或者违背教规的事，而引起那些整天待在教堂里无所不知的老太太恶意的啧啧声。

在睡觉前，她读了祷告书上相关的内容，尽管一行行经文冗长又晦涩，但还是触动了她的灵魂……从今天早晨起，她就没吃没喝。“就像做手术前一样！”在她脑海中突然闪现出这样一个怪异的念头。

在她看来，她的不幸和烦恼就在于她无论如何都无法改变自己强硬的生活态度。即使是在这儿，在闪着金光的教堂里，在如此让人内心平静、香气袭人的氛围中，她内心的魔鬼也并不怕神香。

她早就发现自己被一股黑暗力量牢牢地吸引着，而她却毫无抵抗之力，完全臣服于此。这些念头在做礼拜时，从她的脑海里跳出来，不仅不合时宜，是危险和亵渎神灵的，而且很明显，这不是她内心的真实意愿。

这个世界上那些让她成功、取得成就的东西，在这里是完全不合时宜的，在她看来，甚至是有悖神明的……

到现在她还羞愧地记得，有一次，在夜晚举行主显节洗礼之后，她费力地穿过拥挤推搡的人群，走向盛满圣水的大桶，她的内心无比轻松愉快。教堂里很闷。在进入教堂之前，所有那些见到和经历过的糟糕的事情仿佛都被遗忘了——某次群架、某场透过电车窗口看到的斗殴、婆婆对她的憎恨的表情、丈夫对她的充耳不闻，最让她难受的，是女儿对她的漠视，虽然这只是青春期所必经的阶段。

女儿就站在她身边，又高又壮。对于十三岁的女孩来说，她长得实在是太丰满了，伊拉伊达认为，女儿这样发育得过快，让那个从前如天使般的孩子消失得无影无踪，这简直是一种侮辱。她正在经历的青春期夺走了她脸上的笑容，就在前不久，大概两年前，她还是一个天真烂漫的小女孩呢！

不久前，教堂刚刚被修葺过，一个自作聪明的人突发奇想，用手工镶嵌画装饰拱顶。这种廉价的饰品在跳跃的烛光中并不吸引人，更何况，伊拉伊达站着的时候通常都是低着头的，像是在祷告一样。好像现在已经到了圣餐时间，到处充斥着餐具叮当作响的声音，那些来做礼拜的人肚子里还不时地发出咕噜声，迫不及待的人群把伊拉伊达拥向了狭窄的过道。过道的长桌上摆着盛了圣水的餐具，一群大嗓门、系着白头巾的老妇人正在往餐具中盛圣水。

祷告仪式已经结束很久了，不时地有人在喊着："别挤！每个人都有份！"伊拉伊达尽可能地不去看，也不去听。她小心翼翼地想要去爱站在她身边的每一个人，每一个曾经伤害过她的人，甚至是那些曾经被她诅咒过而现在被她深爱和无比眷恋的人。不管是现在站在她旁边的这个满身马汗味的秃顶男人，还是她的前夫。前夫在意大利跟别的女人同居了，他曾经发来了邀请函叫她女儿去意大利，表面上邀请女儿去住一段时间，但伊拉伊达明白，他是想把女儿从她身边骗走！她女友的儿子万涅奇卡就是这样被骗走的，骗她的女友说让万涅奇卡去奥地利度假，但再也没有把孩子还回来，并借口说，万涅奇卡住在父亲的新家里，家里只有他这一个孩子，而且生活优渥，他可以接受最好的教育，不用服兵役，还远离了可怕的车臣战争。

她的女儿倒不用担心兵役这些事情，但是不幸的是，前夫后娶的佳博里埃拉是一个有钱但不能生育的女人。在莫斯科，当他们在商谈离婚后房产分配的事儿时，她目不转睛地盯着女儿丽莎，充满了不舍。而现在，在这个几近神圣的时刻，她原谅了所有人，甚至还开始理解并同情起了他们。而且在潜意识中，她也觉得，在他们面前自己也是有过错的——

对家人的爱不够，只关心自己，犯了许多不可饶恕的过错。

“你这个虔诚的信徒！”她突然又陷入了沉思，就像风吹过她的灵魂，在平静的水面上激起了涟漪。而她也惊讶于自己脸上不由自主地浮现出的一丝讽刺性的笑意。尽管她知道，教堂里总是很阴郁和沮丧，因为大家觉得，一个有罪的灵魂是抬不起头来的。确实，教堂里的人是从来不笑的。

一个大腹便便的秃顶男人的肚子使劲地撞了她一下。伊拉伊达脚下一滑，滑出了几米，从潮湿的石板地上滑进了期待已久的狭长过道里。她疲惫不堪的双腿勉强站住了，与此同时，为了看看女儿是否还站在大肚子男人身后，她差点闪了自己的脖子。

芬兰伏特加酒瓶在袋子里叮当作响，人们催促着她：“为什么不把盖子打开？把盖子拧开，大家都等不及了……”

突然，她头顶上的一个精致的大水晶吊灯亮了。伊拉伊达踮起脚尖、伸长脖子，想要看看被挤在人群中的无助的女儿在哪儿。突然，她感到一阵头晕目眩，她把自己应该放到教堂祭祀桌子上的一瓶酒弄掉到地上，瓶子被打碎的声音使现场顿时变得鸦雀无声。有人在骂伊拉伊达是“不中用的小娘们儿”，而女儿已经来到她身旁并小心翼翼地将带有“金环”字样的袋子里的一个瓶子掏了出来，递给了坐在桌子旁边的老妇人。这是一个瓶身上带有一个方便倒酒的把手的玻璃瓶子，天晓得这个瓶子是从什么时候开始珍藏在家里的。

所有这一切都在伊拉伊达的脑海中浮现出来。疲惫的大脑中像胶片电影一样沙沙作响地放映着的，绝对不是一个无声的画面，而是不知缘何而起的穿堂风，呼呼地吹进她灵魂的裂缝。她的心好像被扎进了尖利的冰块一般，那是刚刚翻修好的教堂天棚上的马赛克画折射出来的炫目的光芒。而在伊拉伊达的内心里有一股外在的邪恶力量，这股力量正在与那股让她变好、让她超越自己的力量抗争着，她清醒地意识到这是一种不合时宜的、像钻石一样坚硬的光芒与人们要爆发出来的歇斯底里的尖叫和喧哗的较量。然而，这种突如其来的想法如闪电般转瞬即逝。

啊！现在懊恼的羞愧感还炙烤着她的灵魂！伊拉伊达一直坚信思想的物质性，并且一直竭尽全力地不去想任何人和任何事的坏处。仅凭自己的意志去约束自己。

但是突然……总之……无论是在农村还是在城里……可以这么说，毫无征兆地……她的内心变得平静下来，小心翼翼起来……或许这不过就是个错觉？那又怎么会呢？你可是个守戒的人啊！怎么会萌生这样的想法呢？……如果诚实地讲，这不仅是不恰当的，甚至是不公正的想法。

这些话似乎应该大声地说给别人听，但是即使说出来也不是开脱之词。简而言之：“这就是自欺欺人！”这句话在伊拉伊达的脑海中咣当一声震响，让她感到无比恐惧。

算了吧，随它去吧，这种感觉已经出现很久了，差不多有半年了。现在是夏天，马上就是三一节了。洗礼节那天她过得很糟糕，在那之后，她开始来这个教堂，为了在这里赎罪。但也不必隐讳什么，她只是偶尔去做礼拜，她既没那个习惯，也没有那个时间。她只是在自己需要的时候才去教堂，而用每天在家的祷告来弥补这种不足。

忏悔的人好像要占去所有忏悔的时间一样，他们在神父耳边低语，喋喋不休地说个没完，想要将自己的大小过失一一道出，这些过失跟着他们来到上帝面前，就像脚底粘着的湿树叶一样摆脱不掉。忏悔的声音越来越大，忏悔结束，神父已经拿走了忏悔杯。伊拉伊达觉得队伍几乎没有前进，看来今天她又看不到教父了，也听不到他的宽恕了，更得不到解脱了。毕竟，来教堂里的人都是想要忏悔的，都是要排队的，看来今天她又白来了。

她的预感得到了证实：一个矮个子的中年男人穿过人群，插队跑到了神父面前。他面色苍白，从他身上能够感受到一股永不熄灭的愤怒，人们仿佛感受到了一种无法磨灭的邪恶力量，让出过道，让他通过。神父也发现了他，给了他一个手势，让他过去。

伊拉伊达远远地看见，这个不速之客的嘴唇快速又坚定地翕动着，也看见了神父的脸色突然苍白，他向后退了一步。她想，这个男人一定是杀了人，她不由得想道："神父们是怎么熬过来的？！想必，他们也很艰难。他们的职业就像治疗癌症的外科医生一样，难度不亚于他们……”她同情起这个瘦小的神父，从人群的耳语中，她听到了他就是亚历山大神父。“这也挺好，至少知道了他的名字。”

来者说得很快，像敲鼓似的，慌乱地脱口而出。在等待回答的时候，他低下了沉重的头。神父惊讶地盯着他，仿佛在看什么从未见过的东西一样，最后痛苦地张开了颤抖着的嘴，说出了几句话。不论陌生人的独白是忏悔还是简单的倾诉，无论是故意的还是无心的，这都不是我们能评判的，但是亚历山大神父既不允许他祷告，也不让他靠近圣餐。他被要求离开，也许是期望他走向更深度的忏悔，也许……

那个人的动作像军人一样迅速果断，转身，穿过人群，像刀子切过黄油一般，快速离开了这里。

伊拉伊达面前只剩下两个人了，她惊讶于刚才看到的画面，已经忘了自己来的初衷。她开始观察神父，这是她从来没做过的事情，她沉浸于自己内心的思绪之中。

他的样子看起来疲惫不堪，即使身穿锦缎的法衣，也无法掩饰他的瘦小身材，尽管穿上这样的法衣，能增添神职人员的高大魁梧。他的小眼睛蓝幽幽的，鼻子高挺，不知道为什么他的鼻头是红的，看上去既不庄重，也不威严……

她突然反应过来，自己怎么不害臊呢？实际上，神父长什么样，对她来说，又有什么区别呢？！

“他家有五个孩子。五个孩子……”她听到身后传来的耳语，“他还有个哥哥，是个军人，前不久死了，他们兄弟几人就把哥哥留下的两个侄子接到身边来抚养，他的母亲因为后来生的几个孩子而内心十分痛苦……”

尽管伊拉伊达本以为，这可能是那些无所不知的老太太在说悄悄话，但是她还是想亲眼近距离地看看这些秘密地讲闲话的人长什么样。她假装整理老是从头上滑落下来的头巾，偷偷地向身后看了看。在她身后站着一个身材高挑、超级时髦的美女，颔首与站在她旁边的男士小声低语着，就像玛丽莲·梦露在与阿瑟·米勒离婚时一样，她头戴精致的丝绸方巾，头靠在那位男士的肩上，那位男士个子很高，看上去很有钱。

“这两个人以前没见过！他们是从哪儿学到的这样近似于宗教的用语呢？‘他的母亲内心非常痛苦……’真不知道这世道是怎么了。我还真没注意到，这世界已经发生了翻天覆地的变化！”伊拉伊达刚想到这里，队伍就排到了她，于是她走向了神父。

她完成了忏悔，心里如释重负，在享用了圣餐之后，就坐上了回家的无轨电车。她微笑着望着窗外，望向尘土飞扬的几乎空无一人的夏日街道。她在换乘有轨电车的时候，突然想起她把女儿忘在教堂里了。是她忘了女儿还是女儿自己跑丢了，现在又有什么区别呢？女儿已经不小了，自己会回来的。从某种意义上来说，她已经在日复一日地失去女儿了。

父母也是人，终究是要离开子女的。

想到这里，她就觉得很生气，因为她知道，丽莎如果在教堂里找不到她，就会直接去奶奶家，去那个除了自己的孙女谁也看不上的婆婆那里。她奶奶总是在卧室里以各种理由撺掇丽莎去找她的亲生父亲。

女儿越来越不情愿陪她去教堂了，并且她像发酵了一样迅速地长高长胖。再过不了多久，她就已经不再是那个在意大利帕多瓦[1]郊外的大庄园里的继母日思夜想着要从伊拉伊达身边把她夺走的那个玩偶一样的小孩子了。也许他们双方都会让步的，最终，他们会和解的……

“如果真的是个杀人凶手，神父也无权把这件事告诉任何人！”她想起了今天那个死板阴沉的矮个子中年男人。“但是，他为什么那么快就忏悔了……”在公交车上检票的时候，伊拉伊达试图说服自己，“也许他是从某个战场上刚回来的合同兵，或者他只是有一些痛苦又重要的事情无人诉说，所以他才来找亚历山大神父诉说的。也许他已经来过了多次，而不像有些人一样，是第一次来……”

她觉得，亚历山大神父当时并没有仔细地听她的话，而且目光掠过她的头顶向后看，可能他心里一直在琢磨着她身后那个有可怕秘密的倔强的矮个子中年男人。

---

1 位于意大利北部威尼斯大区。——译者注

在这个义无反顾地飞奔过来，好像有权冲破人群，搅乱其他忏悔者的心，深重罪孽的人前来忏悔的背景下，她那日积月累的、等待法庭宣判的小小过错，似乎变小了，减轻了。

而她自己却觉得自己的罪孽深重，她跪在神父脚边。在听了她急切而语无伦次的忏悔之后（已经唱完天使颂歌很久了），亚历山大神父思忖片刻，只给她提了一个问题："您的丈夫知情吗？您的家庭已经动摇了吗？"在听到预期的答案之后，他毫无头绪地，仿佛是自言自语，莫名其妙、冷漠且心不在焉地补充道："愿神宽恕你的罪恶……"

然后他将长巾覆在她跪着的身体上。他读了她期望已久的、被悔改的泪水洗涤过的祈祷文：

"神会赐予你什么？你将用什么报答神的恩典？"

切尔诺瓦亚村

Челновая

玛丽亚·博列格曼 著
张贤 译

玛丽亚·博列格曼

Мария Брегман

玛丽亚·博列格曼（原名：玛丽亚·阿廖希纳），1976年生于莫斯科市。诗人，散文作家。俄罗斯作家协会会员、俄罗斯新闻工作者协会会员、俄罗斯文学协会顾问、《文学创作》杂志编辑、莫斯科“城市日”市文学节的组织者。在《冰与火》文学杂志上发表小说和诗歌，在《鄂木—额尔齐斯河》《塔拉城堡》等杂志上发表多部文学作品。出版女性散文集《我教女士学说话》，长篇小说有《胡桃夹子》（2016）、《与光融合》（2018）等。

我的外婆生在涅舍沃村，那里的房子曾是那样的牢固而结实。当她的母亲瘫痪在床时，孩子们都来到她身边商量着他们当中的谁能把她接到身边照顾。当时我的姨姥姥娜佳住的地方离涅舍沃村很近，她说：“我接走吧！只是要把在涅舍沃村的这个房子留给我。”有什么办法呢？她这个人心里怎么想的就怎么说，她的兄弟姐妹们听后很生气，可也不得不同意她的意见。我的外婆当时在莫斯科生活，她想回自己的故乡斯摩棱斯克州休假。也正好这个时候，她的妹妹舒拉邀请她去那里小住：“到我们这里来吧！现在我和丈夫还有两个孩子就在切尔诺瓦亚村，我在这里的俱乐部工作，负责放映电影。”外婆和我的妈妈，以及她的丈夫是一起去的，那时还没有我。从此之后，他们每年都去切尔诺瓦亚村那里休假。我妈妈的妹妹奥莉娅出生了，三年后也有了我，妈妈把我从莫斯科带到村里时，我还不到三个月。外婆把摇篮挂在仓房的天花板上，摇篮里铺着干草，还用一块薄布盖在我身上，于是我能在那里睡上一整天。

“阿尔先季耶夫娜，”邻居冲我外婆喊道，“玛莎在仓房里哭了！”

“没关系，我马上过去。”

妈妈经常带我去森林，她经常推着婴儿车去采蘑菇。在森林里推着婴儿车采蘑菇是很方便的，可以把采好的蘑菇放在婴儿车的下面，边推边采。我们每次从森林返回时就直接去切尔诺瓦亚蘑菇加工坊，把蘑菇卖掉就马上能拿到钱，她就是这样赚外快的。

我们一大家子都挤在这个房子里，过得其乐融融。舒拉姨姥姥的孩子廖尼亚和托利卡总是早早起床去钓鱼。每当他们钓到一条大狗鱼时，外婆就把它煎一煎，全家人都够吃了。如果钓上来的鱼小一点，就把它挂在阁楼上晾起来，如果是特别小的就拿去喂猫。有一次我请求晚上和他们一起钓鱼，我们坐在第聂伯河畔的最高处，把钓竿甩了下去。我们静静地坐着，等着鱼上钩。我很紧张，万一他们钓到大鱼可怎么办呢！……他们钓上来一条鲈鱼，把它放在桶里，然后把钓竿甩到更远处，继续坐在那里静静地等待着。我已不再往浮标那看了，而是一直盯着桶里的那条鲈鱼。它整个背部都弯曲着，嘴张着，眼睛直勾勾地瞪着我。我想放就能把它放了。可是如果这样做，廖尼亚和托利卡会狠狠地骂我一顿，而且再也不会带我来钓鱼了。但是我也不稀罕再和他们一起来。有一次他们在森林里抓住了一只兔子，把它带回了家。好在它跑得快，很快就跑没了，不然别提我当时是多么为它担心了。每年夏天我们都去他们那里，直到外婆和她妹妹吵翻前。

好在尼卡诺罗夫娜要卖外婆家旁边的房子，外婆买了下来，写了张收据，手续就是这么简单。于是我们有了自己的房子——一座老式的、还是在“二战”前建的房子。你知道吗，我当时对这座房子的所有东西都非常感兴趣：一个俄式的大炉立在房子的正中间，纺车在角落里，纺车的上方挂着一幅圣像画；在干草垛上有一个长凳，我们把水桶放在长凳上。妈妈从井里打水。有两个水桶是放在水井那里的，其中一个里面放着三升装的牛奶罐，防止牛奶变酸。那时我们还没有冰箱，妈妈说，她的外婆会把一只青蛙放到牛奶里，以防牛奶变酸。但是我们认为，最好把牛奶放在冰水里保存。再往房子里走，就会看到一个地下储藏室。那里有一个铁桶，我们可以把食物存放在这里。在最里面的房间，窗帘后边放着两个大箱子，其中一个我们用来存放糖果和谷物，另外一个放了贵重的衣服和布料。当时每个房间都没有安门，只是用帘子和隔板来代替墙壁，这么做是为了让在房中间的火炉可以将热量传遍整个屋子。

我们在盥洗器里洗脸，可以把水倒在里面，下面放着一个接水的桶。

早上我和姐姐起床去洗脸，妈妈早已把温水准备好。真是太舒服了！不然就得用从井里打来的冷水洗脸。早晨外婆把炉子生好，把粥放在铁锅里。有一次她差点儿让我们送了命。妈妈当时在莫斯科工作，我们住在外婆那里。我和奥莉娅睡在一张床上。我们醒来不明白是怎么回事，手和脚都不好使了，连是怎么从家里跑出来的，都已不记得了。只记得一下子摔在草地上，翻了几个身后，在地上躺了半个小时身体才恢复知觉，渐渐地能听见声音了，头脑也开始清醒了。后来我才知道，我和姐姐是一氧化碳中毒了。如果再多睡一会儿的话，我和姐姐就再也醒不过来了。外婆在生好炉子后，准备关上炉桶排烟门，没发现还有一块木头没燃尽。只有在火苗变小、所有燃料都燃尽后才能关上那个，否则一氧化碳就不能通过烟囱全部排出去，而是残留在屋子里。

但是这件事很快就被遗忘了，我们一家人在这座房子里过得非常幸福。

之后外婆的妹妹离开切尔诺瓦亚村，搬去了城市。苏联解体后，集体农庄也随之解体，人们在这里也没有什么事情可做，外婆就把自己的房子卖了，但是没能卖给一个好买主。新房主住了没多久就又把房子卖了。至此就没有人住在那里，这座房子，现在已经摇摇欲坠，没有屋顶，里面杂草丛生。

涅舍沃村

“明天去一趟涅舍沃村吧！我特别想去那里。”我向妈妈提议道。

从切尔诺瓦亚村开车到涅舍沃村不远。先要到叶利尼村，然后再行驶二十分钟到诺沃斯帕斯克村。这里曾是格林卡出生和长大的地方。而从诺沃斯帕斯克村沿沙路再走七公里，就是我们的涅舍沃村了。我就是在这里出生的，更确切地说，不是我，而是我的外婆、曾外婆和曾外公出生的地方。

“好的，女儿，那就顺便到叶利纳的墓地去看看吧！”妈妈高兴地说道，“我的姨妈维拉·阿尔先季耶夫娜、外婆维拉·伊万诺夫娜还有外公阿尔谢·彼得罗维奇都葬在那里。”

说到这里，妈妈放下手中正削着皮的土豆，陷入了沉思，她回忆道：

“我的外公是个很严厉的人，我们都很怕他，连他的妻子和孩子们都很怕他。就说我们一家人坐下吃饭这件事。外婆每天早上五点去挤牛奶、生炉子，把汤锅放在炉子上面，外婆每次熬出的汤都很好吃。外婆还给每个人倒好牛奶，把从菜园采摘的供早晨吃的新鲜蔬菜也都在餐桌上摆好，然后再去烤土豆饼。同时午餐和晚餐用的食材也都会一并准备好。现在只差把锅端上来，把它放在桌子正中央，再把勺子摆上。我们大家都安静地坐下来吃饭。如果有人说话，那么外公阿尔谢就会拿勺子使劲敲说话人的额头，用力的程度甚至木勺都能敲裂。所有人都要听他的话。”

妈妈继续说：“大家都非常怕他。有一次，我的妈妈打碎了外公最喜欢的杯子。她很害怕，跑到小河边要跳河。但是村子里一个哑巴小伙子一下子抓住了妈妈的手，把妈妈救了。而外婆维拉是个非常善良的人，十里八村的人都来找她帮忙各种事情。她走街串巷，如果看见有喝醉的人在沟里躺着，就会把那个人从沟里拽出来，帮助他，永远不会视而不见置之不理。她还是一个非常善良勤劳的女人。她在火炉边的长凳上睡觉，有时甚至连衣服都来不及脱，就穿着棉衣蜷缩着睡着了。他们的事我还能讲很多很多，明天我们就去墓地看他们。”

早上我们起得比平时早一些，先生好小炉子，要不然吃早饭时屋子里就会很冷。然后开车出发奔往涅舍沃村，在叶利纳村很快就找到了老墓地，还有那些亲人的坟墓。要知道我们一家子不分老少曾经连续几年都在寻找，也没能找到。自从我的外婆去世后，我们就没再去过那里。那里杂草丛生。两年前那里的杂草突然枯萎了，因为夏天实在太热了，于是从草地里露出了两个熟悉的照片。我非常清楚地记得我曾外婆和曾外公的面容，虽然他们活着的时候我没有见过，但一看照片就马上认出了他们。能找到他们真是太幸运了！于是我们清理了杂草，在坟墓旁边的一棵白桦树上做了标记，这下不会再找不到了吧？！所以这次我们找到了。我们一抬头，看见那棵白桦树，树下就是坟墓。只是这一次墓周边是干干净净的，看来是有人打扫过了，可惜我们不知道是谁。我们失去了亲人们的联系方式，因为命运让亲人们天各一方。乌克兰、斯韦尔德洛夫斯克、圣彼得堡都有我们的亲人，而这一次是谁来过，我们不知道。我们点燃了蜡烛，妈妈读了祷文。摆上了饼，放了野花，我们为逝去的亲人们祈祷。

这时我的儿子问:“妈妈,我可以用小石块铺条小路吗？”

我说：“当然可以，儿子。”他在路上收集了一些石块，然后选出一些最漂亮的，用它们铺了一条小路。

“瞧，现在要是我们的亲人来了，就会发现我们曾来过这里。”儿子说。

“我们继续赶路吧！去诺沃斯帕斯克村，”妈妈说道，“我的妈妈曾在那里上过小学，四年级小学毕业后，她的父亲就没让她上过学。他还说能会算数就行了。”去村里的沿途风景可真漂亮啊！周围的田野一望无际，一马平川，似乎能看见地球是圆的。

我们到了诺沃斯帕斯克村，这里有一座古老的教堂。

“这是我爸爸建的教堂吗？”我们的小儿子从车里探出头问道。这就是我两岁的儿子提出的问题，我们都感到震惊。而在蓝色的栅栏后边有个庄园，格林卡就是在这里出生和长大的。这是一座大庄园，面积很大，还带有几个湖泊和一片林地。还有一棵橡树，它已经有一百年了，这棵橡树是格林卡亲手栽的。我们想抱住它，但是抱不住，因为它太粗大了。

我想在格林卡庄园多走一会儿，想在湖边的凉亭里多坐一会儿，但更着急赶往涅舍沃村，于是我们继续赶路了。终于开到了沙路，也就是说，离我们的故乡还有七公里的路程。

我们终于到了村子，村子还是原来的村子，保留下来的老房子很少了，但住的人比以前多了。在村头，我们碰到了两个男人……

飓风

天气预告说飓风将要侵袭整个斯摩棱斯克地区，所以我们一天都担惊受怕。整个白天都是阳光明媚，甚至连一丝风都没有，更别说有飓风。我带着孩子和妈妈去了诺沃斯帕斯克村旁边的森林，开始的时候很害怕，因为刮风天气在森林里是很危险的，很多老树已经枯死，会倒下来，但是这里很安静。我们一家人开着车，来到蔓越莓种植区，每个人都拿着一个小桶进了林子。

“妈妈，你听，小鸟怎么不叫了？”我对妈妈说。

“是啊，”妈妈回答，“这样好的天气正适合林中采浆果。既没有蚊子，也没有露水。”

“有点奇怪呀！”我继续说，“怎么会这么静！”

森林里从来不会这样的，要么是蜜蜂嗡嗡地叫，要么是树枝嘎吱嘎吱地响，要么是鸟儿竞相歌唱，而现在这里却异常平静，好像所有生灵都睡着了。我们采了两个多小时就回家了。回到村子时，村子里鸦雀无声。

只是到傍晚时天空中乌云密布，下起了大雨。我终于静下心来。可怕的天气终于来了。风雨交加的天气并不可怕，但是飓风可不一样，我对此感到极其恐怖。从小我就害怕，在我五岁那年，村子里刮了一场飓风。那天晚上天突然变得很黑，乌云很快聚集起来。我们坐在窗旁向外张望，以为我们的房子会被刮走。风是那么猛烈，整片草地都被掀了起来，草被刮得到处飞舞，好比一头野牛在草地上狂奔似的。到处响起可怕的轰隆声，我们的房子在那次飓风中幸存了下来。就在第二天，当我们从家里出来去叶尔奇村的方向的树林时，我们才知道，飓风绕过了我们这一带。而受飓风侵袭的地带有三十米宽，那里好像是天空用一把大大的镰刀砍倒了我们有着百年树龄的大云杉，它们被连根拔起。此情此景，我终生难忘。

这就是为什么预报有飓风来袭的时候我这么害怕，因为我知道飓风的无比威力。

但我高兴得太早了，夜里我被熟悉的轰隆声惊醒。轰隆声震耳欲聋，以至于我以为在我们家里发生了什么不测。我们的房子是用石头建的，窗框是双层的，通常外面的声音是听不到的，而此刻我马上明白——是飓风。我往窗外看了两个小时，希望我们的房子能挺住，好在它挺住了。这就是我在切尔诺瓦亚村经历的第二次飓风。

科里亚

我一直很爱妈妈，并离不开她，就连她出门五分钟去买面包我都会想念她。我们那时在四楼住。当我还是个小女孩的时候，她一出门，我就跑到窗前，尽管我还没窗台高，拿上一个小圆凳踩在上面，望着她，向她挥着手，直到看不见她为止。妈妈也知道我在看她，总是回头向我挥手。

当我去幼儿园的时候，因为妈妈不在身边就很难过，后来我发现了栅栏墙上有一个小洞，就逃回了家。当时在幼儿园里的老师狠狠地骂了我和妈妈，而我却不明白，我做错了什么。

在妈妈把我和姐姐送到村里外婆家过暑假的时候，我也非常想念她。外婆说，如果我给妈妈写信就会感觉好一些。要经常给她写信，要告诉她我在想什么和我在做什么，总之，要写下自己的一些想法。于是我开始给妈妈写信。

"亲爱的妈妈，下雨了，我坐在窗边读书，书很有趣，是我昨天从图书馆借来的。外婆用干草生火烤饼，今天早上她给我们熬了蓝莓苹果酱。我们都在等你来，你什么时候能来呢？"

这是每天给妈妈写信的内容，要知道那时候村子里还没有电话，仅有的一部电话还在邮局。我还在每个信封里放了她喜欢的花儿，或者叶子啊什么的。这样我的信就变得生动有趣。我知道花儿是会枯萎的，但我相信，我对她的爱一定会传递到她那里。

如果不是我的初恋，我和妈妈之间的感情想必会一直那么好。当我到了十五岁，还是个小女孩的时候就爱上了一个四十岁左右的男人，他叫科里亚。当时我还不知道爱情会如此强烈。我望着他，感觉内心有波浪在翻滚，就像海面上气势汹涌的波涛撞到头部，我甚至不知道有哪个游泳者可以忍受这种撞击，仍然会情不自禁地一头扎进这个波涛之中，游到深处。当你从那里游出来的时候会发现自己完全变成另外一个人，一个热恋的人。这种爱情的力量是极其可怕的，它能够让你忘却周边的一切。这就是我的初恋。我可怜的妈妈呀！她曾试着和我谈一谈，可我听不进去。她当时狠狠地骂了我，但这更坚定了我为爱情斗争的勇气。

“女儿啊，你们不能一起生活。”她说。

我用冰冷的语气回答道：“不，我们要在一起！”

而我的外婆沉默着，什么也没对我说。我经常看到她在干着活儿，却心不在焉。我问她：“外婆，你在想什么？”在我还小的时候，她眼眶湿润，眼神忧郁地看着我，叹着气，后来她才告诉我，她一生只爱过一个人，那个她嫁了并和他幸福生活了七年的爱人，这七年的幸福足以让她享用几辈子。她还说，他俩睡觉时都要面对面、脸贴脸，不可能是别的姿势。他们深爱着对方，但是他们没有孩子。这时又开始了卫国战争。他们当时住在莫斯科，工作也很忙。当时的叶利纳村很危险，外婆就把自己的妹妹从那里带了出来，带到自己家中一起生活。有些士兵还偷窥她的妹妹。尽管处于战争时期，但生活总是要继续的。每一次外公回家时碰见的不是这个小伙子，就是那个小伙子。外婆和外公满怀期待的事情发生了——她怀孕了，恰逢1943年战争时期。邻居们就说："科里亚，孩子是你的吗？"当时流言蜚语满天飞。外公科里亚已经相信，士兵们也曾与他的妻子有染。

到了外婆该生孩子的时候，科里亚却说："这不是我的孩子，我们到此为止。"

外婆是个很坚强的人，她自己生下了孩子。而科里亚甚至连产院都没去过，外婆无法原谅他，她和自己的女儿离开了他。但她一辈子都爱这个男人。当我的妈妈长大以后，她非常想见自己的父亲。我的外婆找到了他，并穿上她们最漂亮的衣服去找他。当时我的外婆已经是一家公司的经理了，我的妈妈也在大学学习。她们去找科里亚。当他打开门时无法相信，她的女儿和他长得一模一样。"她的鼻子怎么不塌呢？"科里亚只问了这一句，因为我妈妈出生的时候是一个塌鼻子。于是科里亚开始请求我的外婆原谅他，他恳求她，但她没有原谅他。后来她才得知，他为此受到了沉痛的打击，还得了中风，以至于心脏病发作去世了。所以外婆很自责当时没有原谅他。她整个一生都在痛苦中度过。她经常对我讲关于自己的爱情故事，她也没有干涉我的初恋。她还说，这是你的生活，你自己决定。这就是我外婆的爱情故事，它给了我斗争的勇气。我要为我自己的初恋，我要为我的科里亚而战。

但是我的这份爱是一种柏拉图式的，我对他的爱像是对一个理想男人的爱，而他对我的爱就像是对一个大眼睛的痴迷的小女孩的爱。我们几乎没见过几次面，我们是异地恋。有一次，当我们再次见面的时候，他给我指了指天上最亮的星星，说：“每当你想我的时候你就看着它，就知道我在想你的时候也会看着它。”这是我们最后一次见面，妈妈禁止我和他再见面。我趴在枕头上哭，我爱他。我非常喜欢那星光点点的夜晚，当我从窗口远望天空的时候，我感觉我们是在一起的。

要知道我的妈妈也曾爱过一个叫科里亚的男人。她也曾很爱他。他就是我的教父，住在波罗的海边上一个隐蔽的城市，他曾在一艘军舰上服过役。科里亚也很爱妈妈，但是他的母亲反对这段婚姻。当时我的妈妈已经离了婚，还带着两个女儿。他为什么需要一个带着两个孩子的女人呢？他的母亲这样想。他们没能在一起。科里亚突然逝世，要么是工作劳累，要么是因为过于思念我妈妈。反正他很早就去世了。

时过境迁。

在我长大后，自己也经常到各个城市和国家，我也总是从世界各地给妈妈寄来明信片，说：“妈妈，我爱你。”

当然，我并没有因为我的初恋而怨恨我的妈妈，但是，我的心里总有一些说不出的痛，只为了我自己。那颗遥远的明亮的星星，直到现在每当夜里还在我的窗前闪烁。我仍然记得外婆湿润的眼睛，还有外婆说过的话：你自己的生活，你自己决定。

善意的谎言

Ложь во спасение

柯谢尼娅·德拉宫斯卡娅 著
王新童 译

柯谢尼娅·德拉宫斯卡娅

Ксения Драгунская

柯谢尼娅·德拉宫斯卡娅，1965 年生于莫斯科，俄罗斯剧作家、散文作家、编剧、儿童作家、文学评论家。国际文艺创作者俱乐部俄罗斯分会会员，俄罗斯戏剧工作者联盟成员，俄罗斯戏剧工作者联盟秘书（2011 年至今），俄罗斯戏剧工作者联盟戏剧委员会主席（2010 年至今）。主要作品有《外国自行车》《转弯》《禁止接吻》《诚实的故事》等。2017 年 8 月荣获俄罗斯联邦总统荣誉证书，2019 年荣获二级祖国功勋勋章。

在我小的时候，我的妈妈在一所护士学校当英文老师。她极其不喜欢那里的工作。如果仅仅是教女孩子们英语倒是没什么，但是各种各样的大会、小会、教务会议等简直让妈妈无法忍受。

于是有一天发生了这样一件事……

第五节课下课了。当时已经一点半了，我和伊尔卡、维拉·依琳斯卡娅走在花园大街上。我们在沿途的一家面包店里买了几个刚烤出来的带葡萄干的小面包，边走边吃着。外面的景色很美，而我们吃着美味，和同学们在一起，别提有多快乐了！正如作家盖达尔在短篇小说《蓝色的杯子》中所描述的——生活无限美好。

但维拉·依琳斯卡娅的情绪很低落，因为她数学考了不及格，得了两分，而她的家人总是因为她的成绩不好责骂她。

“我要离开这个家，”维拉下定了决心，“到贝加尔—阿穆尔铁路工地去。那里可以找到活儿干。”

“那个地方不能去，”我劝阻道，“那里十分艰苦。在贝阿铁路的建筑工地上，人们经常生病，甚至死亡，因为食物和药品送不到他们那里。这是我哥哥告诉我的，他可是个聪明绝顶的人，他天生就比别人心眼儿多。”

“为什么食物运不到他们那里？”维拉惊讶地问道，“难道是因为路途遥远吗？”

“是因为没等运到那里就被偷光了，”伊尔卡满嘴塞着面包，解释道，“我爷爷说，这都是因为对各种破坏分子不再实行枪决，所以他们现在才不守规矩了。这要是在过去谁敢偷啊？……”

我们几个十岁的少先队女孩就这样边走边聊着天。在走到卡列特大街和花园大街拐弯处告别的时候，维拉叹声道：

“你真幸运，柯秀莎……从来不会因为成绩挨骂。”

“是的，我倒是不会因为成绩挨骂，但是我也有自己的烦心事儿。”

有一天早晨，当我准备去上学、妈妈准备去学校上班的时候，她给了我一项重要且责任重大的任务。

“今天下课后我们学校要开会，”妈妈说，“我一点儿都不想在那里多坐上两个小时。所以呢，柯秀莎，你放学以后给我往学校打个电话，直接打到我们的教师办公室去，电话里你就跟我说你肚子疼，让我快点儿回家。”

“但是我肚子不疼啊！”

“但是你就说你疼啊！这绝对不是什么谎话，而只是为了挽救我的借口，”妈妈严厉地说，“就这么定了，三点半你要准时给我学校打电话。我会提前坐在电话旁等你电话。”

眼瞅着就到三点半了。我胆战心惊地盯着电话，甚至几次拿起了听筒。但是我就是不能去拨号！如果真的把电话打过去，所有人都会知道我在撒谎，总之，我羞于撒谎。

时间一分一秒地过去。我痛苦地煎熬着。

电话突然响了。

“你什么意思？”或是因为气愤，或是怕人听见，妈妈透过牙缝低声埋怨道，“我是怎么告诉你的？你要马上给我这儿打电话……”

“哎呀，我真有些不放心啊，”妈妈现在生怕别人听不见似的，故意拉大了嗓门，语气惊慌地说道，“我女儿没接电话啊……哎呀……她今天早上就有点儿不太舒服……说肚子疼……不会是得了阑尾炎吧？她可是一个人在家呀！家里没有别人了……”

妈妈回家了。学校准许她不参加会议了，毕竟肚子疼的女儿一个人在家呢！

“如果是战争期间面对敌人的时候，你还要坚持不说谎吗？”她苛刻地问，她的眼睛因为愤怒而变得“像刺李子一样绿”（爸爸在自己的小说中就是这样描写杰尼斯卡的眼睛的），“那如果法西斯问你游击队去哪儿了呢？你也会告诉他们真相吗？有的谎言是真正的谎言，而有的谎言是为了拯救别人……如果你真的看到游击队朝哪个方向跑了，这时敌人来问你‘游击队员往哪儿跑了？’这种情况下你会怎么回答？你会如实告诉敌人吗？”

“不会！”我尖声道。

“对！你会告诉敌人，他们朝着完全相反的方向跑了，好让敌人奔向无法逾越的沼泽，让他们在那里淹死。这就是善意的谎言。”

我很惭愧，我不会撒谎，也学不会撒谎。我感觉内心很难过，也十分愧疚，更不敢问妈妈：“游击队员怎么会跑呢？难道他们会明目张胆地跑吗？他们应该爬行，应该匍匐前进，像电影里演的那样……”

当然，一些成年人会说，妈妈是不可能教孩子说谎的。

可能。

非常可能！并且我的生活中充满了这种不可能的事情，过去和现在都是这样。

另外一些成年人会说，这样写自己的母亲可不太好，尤其是写自己母亲的不体面行为——示范自己的孩子如何撒谎的行为，实在是不应该啊……但是我要说的是，她终究没能教会我撒谎！正因如此，我写的故事才都是真实的。这是真实发生的故事，明白吗？如果您不喜欢，可以去阅读别的，我无所谓！

再见了！期待与您重逢！

好兆头

Хороший знак

加林娜·谢津娜 著
刘玥 译

加林娜·谢津娜

Галина Щекина

加林娜·谢津娜，俄罗斯作家、剧作家、社会活动家，俄罗斯作家协会会员，俄罗斯新闻协会会员，国际作家和公关协会（APIA）会员。自1985年以来，她一直在撰写散文和文艺批评文章。这些作品发表在《书评》《俄罗斯文学》等报纸上和《人民的友谊》《记者》等杂志上。

帕夫琳娜一夜未睡。窗外雪花漫天飞舞，路灯下的飞雪泛着微黄的光晕。女儿季娜花光身上所有的钱买了一双鞋，她买了一双漂亮的暗黄色方头皮鞋，然后就穿着这双鞋和朋友们喝酒庆祝去了。已经半夜了，帕夫琳娜呆滞地望着漆黑的伸手不见五指的窗外，她的痛苦没有丝毫减退，心里感觉憋闷，发出一声声叹息。幸好儿子去了儿童疗养院，在那里他应该吃得好，玩得好，不仅可以在游泳池里嬉戏，还可以坐上雪地汽车兜风！他的病会渐渐好转的。至于儿子会不会想家这个问题，她尽量不去想。醉眼蒙眬的丈夫做完客回到家后，望着她站在窗前佝偻的身影，说道：

“你不用担心，没什么大不了的！父亲喝酒，女儿当然也得喝酒。女儿像父亲，这是一种兆头！是一种好兆头！”

“那我为什么不像我父亲那样爱喝酒呢？”帕夫琳娜小声嘀咕了一句。

“因为你是一个呆板的人。你从来不去做你想做的事。你这辈子有过什么好事儿吗？有过什么让你感到快乐和满足的事儿吗？你一直在压抑着自己内心的想法。”

他真的弄不懂她在想什么。

这样看来，人人都想喝酒，所以想喝就喝，喝了酒就自由了，而帕夫琳娜不喝酒，难道不喝酒就是不自由了？哼，那就随便你们怎么说吧！你有你的自由，我也有我的自由，我们各有各的活法。

帕夫琳娜把两把圈椅搭在一起躺在上面，她尝试着睡上一会儿。这时有人按门铃，按了三下，她以为是女儿回来了，但她想错了。她透过猫眼向外看，门外一个人也没有。她茫然地在胸前画着十字架，站在那里犹豫着是否应该开门。但是她记得有人说过，在出现这种诡异的门铃声的时候，家里可能会钻进来某种肉眼看不见的东西，所以她没打开房门。紧接着，窗外传来刺耳的喊叫声，帕夫琳娜冲到窗边，看到对面的酒吧门口站着几个看起来很体面的人，他们用英语互相谩骂着。她的腿脚突然僵在了那里，整个人站在那里愣住了。

哎呀，电话铃突然响了！是季娜从自动电话亭里打来的！她大笑着说，她和朋友们再吃上一箱冰激凌就结束了，然后回家。怎么，要吃一箱吗？帕夫琳娜着急忙慌地随手拿了几件衣服穿上了，光着脚穿上了靴子，就朝邮局跑去，那里有多个自动电话亭。三四个女孩在凛冽的寒风中嬉笑着，狼吞虎咽地吃着冰激凌。看见帕夫琳娜，她们嘴里嘟囔了几句，就各自回家了。帕夫琳娜的到来使她们顿时失去了继续疯狂的兴致。

现在已经是凌晨了。季娜用纤细的手指抓住酒吧外台阶的铁栏杆，说她不要回家，她要去酒吧，现在就要去，因为明天酒吧里她想见的那个人就不会在了。说完她便一头倒在雪地上，嘴里嘟囔着："行了，行了，你别管我了。今天已经是天主教的新年了。"

"来人啊！"帕夫琳娜无力地呼喊着，"快来帮帮我啊！"

半夜时分，街上的行人本来就稀少，仅见到的几个人只是斜眼看了看她，没人来帮忙。她有她的痛苦，而那些人也有他们自己所谓的摆脱痛苦的自由——瞧，这就是你们想要的自由！这下可好！让人家看看笑话吧！这就是你教育出来的女儿——关别人什么事儿？还是请你自己来解决自己的问题吧！

她们回家的路漫无尽头，季娜走走停停，拼命地反抗着。帕夫琳娜搀扶着季娜，默默地流着眼泪。她太累了。家里很安静，只有闹钟在滴答滴答响，好像在责备着她……季娜的手特别小，就像澳大利亚袋鼠的小爪子一样，交叉着放在胸前。她躺在床上，没有脱掉的毛衣歪歪斜斜地扭曲着。她总是皱着的眉头也舒展开了，高高的额头上冒着汗珠。"你啊，真是太任性了……"

夜里，帕夫琳娜似乎睡着了，不断地做着梦，但是每一段梦里都有人欺负她，而她总是在拼命地逃脱。一下子惊醒了，从梦里的恐惧回到了同样令她痛苦的现实中。这种失眠是她的生活常态，从未有过什么变化，这样的生活逐渐摧毁了她的身体，使原本快乐的她失去了对生活的热爱。

如果以前她觉得她对什么都满不在乎，那么现在的她则对什么都尽可能逃避，对一切动静都充满恐惧。她害怕电话铃突然响起，害怕邻居家发出的响声，邻居家总喜欢在凌晨一点挪动家具。

而工作中的她完全是另一个样子。

例如，她上班时一个人在接待室里复印文件，看到镜子里自己的黑眼圈之后，她开始忧心忡忡起来，心想："大家可能都会发现我的黑眼圈的。"这时季明走进了接待室。这是一个年轻的小伙子，留着小平头，总是穿着一件有多个衣兜的牛仔马甲。他当然也发现了她的黑眼圈，并表示理解地笑了笑。他在文件袋里翻了一阵子，然后递给她一张光盘。

"你听说过病毒吗？网上到处都是各种病毒。别忘了设置防火墙。有英语标识的各种垃圾文件都要立刻杀毒。"

"我们部门好像有防火墙吧。"

"那你也要及时更新！"

"好吧。最近天体观测有什么新进展呀？"

"别担心，帕夫琳娜，一切都会好起来的。现在宇宙已经步入黄金时代了！"

"你总是爱开玩笑。"她怎么会留意病毒的事儿啊！

"请为您的电脑安装一个杀毒软件，已检测到有新的病毒入侵。请更新杀毒软件。"

好的，我们会安装上的。于是她按照他的请求为电脑安装上了新的杀毒软件。瞧，就是这个可笑的“小雨伞”图标。她将电脑桌面上原来的防火墙软件成功卸载了，取代“小雨伞”的是一个强制安装的金属圆盘形状的图标。也就是说，她们部门的几台电脑上都有了新的防火墙。她们部门同事之间的关系也不太和谐，她们的性格完全不同，其中一个女孩总是背着一把小提琴，很有涵养。另外一个则是一个性格暴躁的毛丫头，是个十足的马加丹人，皮肤晒得黑红。但是呢，她们都喜欢音乐！她们喜欢的不是那种让人发疯的音乐，而是一种令人心旷神怡的优雅音乐，是那种能代替语言来慰藉你心灵的真正的音乐，就像《第四浪漫曲》[1]一样，带给你的是气势恢宏而又温柔似水的感觉，透过凄凉可以感受到一丝快乐。但是这两个姑娘早就分道扬镳了。总背着小提琴的姑娘在家里办起了摇滚音乐会，来往的都是社会名流。据说，她唱歌特别好，婉转、细腻、悦耳……

帕夫琳娜点了一下收藏夹，浏览了一下网页，无聊至极，全都是青少年喜欢的那些东西。那就听听音乐吧，耳机在哪儿？她已经让人给她的电脑里安装了声卡，但是她没有耳机。

现在的信息技术真是厉害啊！只要一有病毒入侵，这个防火墙就会开始防护。她到现在都没空去给自己的电脑买一

1 《第四浪漫曲》是俄罗斯当代著名爱情流行歌曲，歌词创作者是S. 苏尔加诺夫。——译者注

个“小雨伞”防火墙软件。的确，现在已经是冬天了，但还是要买的。她内心的寒冷才是真正的冬天，无法言传。试想，如果你已经不被别人需要，那还谈什么保护别人呢？

她在网上按照不同的价格范围挑选了一些电子书，浏览了不同的网站，并在搜索栏中输入了“黄金时代”这几个字，显示出的搜索结果却都是关于基督教“黄金时代”普世爱的各种论述。这个跟爱有什么关系呢？出现了一大堆男女教徒的图片，还有浅紫色与粉红色的幸福的虚幻性的图片，女教徒们的眼睛都金光闪闪。这些我们都知道，没有什么新东西。于是她浏览了一下奇迹剧[1]《统一的奥秘》的剧本。

“俄罗斯以及全人类都正在迈入黄金时代，但是人们需要多久才能否定已经进入我们生活的各种新事物——这要取决于人类自身。”是的，很多新事物已经进入了我们的生活，但这并不意味着它们进入了所有人的生活。就拿季明来说吧……他看起来是多么普通的一个人啊，但实际上却无所不知……

帕夫琳娜陷入了沉思。现在已经是“黄金时代”了吗？怎么会呢？一切都依旧那样让人忧伤。在她看来，“黄金时代”与“忧伤”是不能相提并论的，黄金时代——这应该是每个人都感觉到幸福的时代。那应该是季娜、丈夫、她自己，还

1　欧洲中世纪末期取材于《圣经》的一种宗教剧。——译者注

有正在儿童疗养院接受治疗的儿子，以及一天到晚都在网上寻找失踪恋人的季明，都应该感觉到幸福的时代。整个公司的人都特别为他担心，都帮助他通过公司的业绩考核。

“两千年前耶稣降临人间，是为了提醒世人，神就是爱，希望世人能够接纳这份爱。随着他的降临，世人认识到了忧愁、疲惫和那些没有目标的追求。世人认知了爱。于是，开始了万物相融的过程。”

实际上，“黄金时代”已经到来，只是没有那么明显。

而帕夫琳娜自己还似乎依旧过着一种早已习惯了的、一成不变的生活，但她从来没有意识到这一点。周围的一切都让她感到厌恶。她给两层楼之隔的季明发了一封电子邮件：“季明，你为什么说现在是‘黄金时代’呢？那么为什么还存在这些灾难呢？就连美国也没有幸免呀！”季明回复得很快，看来，他现在没有客户。“黄金时代——这是针对那些跟上时代步伐的人来说的！是针对灵敏度高的人来说的！或许美国也不例外，也需要杀毒软件，这永远是令人头疼的难题……”“那么如果我的灵敏度低呢？”“那就说明你自己不想要捆绑软件，说明你不想增加不需要的负担。总之，如果你想一劳永逸的话，那就需要不断地给你的电脑升级、杀毒……”原来如此啊……

她一边做汇总表，一边工作，还顺便回复并填写各种各样的调查问卷和表格。她总是默默无闻、毕恭毕敬地工作，毫无怨言。无论谁有什么需要她帮忙的，她都会提供慷慨无私的帮助。她喜欢统计、填表格、验算，她是一个优秀的白领，也就是公司职员。她的日常工作离不开图表、报表和喷墨打印机的哒哒声。帕夫琳娜的性格忧郁，体态丰满，大眼睛，嘴唇宽厚，嘴角有些下垂。喜欢穿色彩鲜艳的肥大的衣服，要么是连衣裙，要么是短上衣——根据不同的场合需要。

上司对她做的汇总表总是赞不绝口。第二天她收到了一封电子邮件，上面写道："您在顾客评价中评分很高，您会获得一份奖品，女士。"您猜怎么着？奖品中竟然有耳机，这是她一直梦寐以求的东西。真是太棒了！还有一个人请求她为新书写评语。这可是一件需要动脑子的活儿！再说一些书也是她们公司网站上在售的。帕夫琳娜擅长快速阅读，但是写书评甚至不需要阅读,而只需要做一个详细的内容介绍。但是这个人是怎么找到她的呢？或许又是因为在某次调查问卷上她的回答与众不同了？

帕夫琳娜开始全神贯注地写评论。但不管怎么样，她还是要同时做汇总表。连续几天的时间她都在边做汇总表边写着书评。眼看着已经有不少钱进账了……帕夫琳娜心想："季娜让我给她买一套新的化妆品，瞧吧，我的孩子，这份是给你的。而我需要买一些新书。我还需要一张苏尔卡诺娃乐队演奏的新光盘。"她把这件事告诉了丈夫，他表示很惊讶。

"你怎么，已经学会发电子邮件了？你还记得吗，一个月前你还弄不明白互联网是怎么回事呢？你还记得你下班之前是怎么稀里糊涂地把杀毒软件给卸载的吗？卸载之后电脑就怎么都不好使了……”他大笑起来，“好啊，这是个好兆头啊！”他在调侃她，也就是说，他对她的态度变得温和了。他们的夫妻关系又变得亲近了。

最近几天，她结识了很多世界各地的朋友。现在她只要一打开邮箱就在想……今天会有什么惊喜在等着她呢？而现实生活中是没有这种感觉的，在闪烁的屏幕上只有一堆冷冰冰的符号，有什么好紧张的呢？她的心扑通扑通地跳着，预示着将会发生什么。这是一个通向另一个世界的窗口，那里的一切都是与现实生活迥然不同的。

帕夫琳娜在上班路上碰到了季明：“我们的天体观测有什么新闻吗？”

“今天是有纪念意义的一天，简直是让人惊心动魄啊！亚特兰蒂斯大陆即将浮出水面了。”

“可它不是已经毁灭了吗？早就沉没海底了呀……”

“是啊，但不是真的要浮出水面，而是灵魂上的再生。今天即将发生的就是灵魂上的再生！你没有一些非同寻常的感觉吗？”

帕夫琳娜留心体会了一下，确实感到有一丝不安。她忍不住笑了。这个季明怎么总是独出心裁呢？

“真的！你怎么变年轻了？你看上去怎么光彩照人？真

的！你真行！”季明露出了他招牌般的美式笑容，“我们每个人来到这个世界上都有自己的使命。有的人意识到自己是这个世界的主人，就会为这个世界的进步而努力。而那些还没有弄明白的人……”

“是的，亲爱的季明。谢谢你给我的杀毒光盘。我不仅知道今天要做什么，还知道明天和后天要做什么……但是我不知道这对于世界进步是否有用？”

季明像个孩子一样噘起了嘴。

“我不是跟你说过了吗，关键在于你内心的感受。至于你嘛……你现在是无所不能，对吧？你有什么不喜欢的吗？可以说出你不喜欢的所有东西。”

“我……我不喜欢我们部门的这个门，每当我穿过接待大厅的时候，都要经过领导的门，所以人们都不敢到我这儿来。我又不能把他们从库房那边带进来……”

“那你可以打开你对面的门啊，以前就有这扇门，但后来被钉死了。”

“这扇门上锁了，需要领导的签字才能打开，不然保安会收拾我的……还要重新摆放桌子。不，我可不敢。不然你先问一下怎么样？”

“要不这样吧，你要是信得过我就按我说的办。你就是不敢随心所欲。你这次就自己把这扇门打开，不用找领导签字，怎么样？所有人都会看到你是为了大家方便，而不仅仅是为了自己。大家都是正常人，谁能反对呀？至于桌子，我和弗莱德会帮你重新摆放的。”

帕夫琳娜认真思考了一会儿就走了。她步履轻盈地穿过接待大厅。她穿了一件颜色鲜艳的、有腰带的宽大连衣裙，她走路的时候裙摆发出簌簌的声音。她昂首挺胸地走着，谁也不怕，因为她知道一切都将会十分顺利。她要把桌子和书架上所有的东西都拿走，这样搬起来就会轻松一些。她要给季明和弗莱德打电话，让他俩把那扇门的门锁撬开，这样人们逛完商店之后就可以直接到她这里来。而她也可以说来就来，按照自学课本、学习手册或者专业辅导书上的内容为顾客提供各种咨询服务……虽然人们的问题会越来越多，但解决方案却很清晰明了。要不然，顾客来了，只能大眼瞪小眼，干跺脚，干着急。谁也不知道去哪儿打听什么。

季明没有食言。他和弗莱德按照她说的做了，而且所有人都像她的同谋一样，笑得特别开心。这时跑进来一个保安，满头大汗，嘴里大喊着，并挥舞着胳膊。

“别着急，”帕夫琳娜坚定地说，“什么都没丢，都是自己人。只是改变了一下房间的格局，你去储藏室把钥匙带来，这是我写的申请。”

习惯了咨询员说话言简意赅的保安点了点头。他拿来钥匙，小声说道：

“现在这里将畅通无阻了，咨询员女士。”

“没关系。”她还在门上贴了一张纸条，上面写着“技术文件咨询”。

她想为顾客考虑得更周全一些，打算再考虑完善一下。

“谢谢你，季明同志……谢谢你，奥列格！我怎么总是用姓称呼人呢？……”她感到有些不好意思，脸上有些发热。

“谢谢你，把大家召集起来做了一件好事，再说……”

“我随后会给你买礼物以表达谢意！”

“我说的不是这个，”季明抓了抓自己刺猬般的头发，“每件事都是从感恩开始的。即使是小事也要这样。重要的是，要唤起自己的感恩之心，因为无论我们做什么，无论我们取得什么样的成就，总是有指导和帮助我们的人。感恩对于每一个人来说，都是最简单和最自然的情感，因为每个人都不可能独立存在，一个人的存在一定是建立在别人关爱的基础上的。告诉你一个秘密，我特别感谢法茵娜，虽然她离开了我，但也改变了我。如果不是她离开了我，我可能一直是一个自以为是的人。我每天都在感谢她，我并不恨她。一切都源于具有感恩的心……一切都源于那里。”

他举起了一根缠着胶布的手指，所有人都随着他的手指不由自主地向上看，盯住了多孔的、形状如冰激凌一样的天花板吊顶和镶在里面的、如药片一般的小灯泡。再往上看，人们从天空的方向正朝着地面的方向下来，或者是人们从地面上正朝着楼上的方向走，谁知道呢？人流涌动。

女儿季娜打来电话。

“妈妈，我看你正在网上征集合唱团的人员呢！我的课表很满，只有周三能去，我可是学指挥专业的呀！”

“你怎么突然去看我的网上评论了？我都忘了这件事了！”

“我只是留意了一下，合唱团毕竟要比在学校里上课有意思得多，学校里整天就是低水平的重复，没什么进展。只有实践才会促使专业水平大幅提高。你那里对有意愿参加的人员做登记了吗？有多少个报名的了？”

“报了十个人。难道我们真能组建成一个自己的合唱团不成？”

“是的，你告诉他们，让他们下周三来试唱。”

合唱团就这么建成了。季娜——这个音乐学校的学生，对妈妈工作中的困难也表现出极大的热情。

“合唱是把人们团结在一起的最好方法，”季明说，“你做得对，当一个人的音域提高一级时，他的听力就会下降一些……”

不，合唱团有时候也会让人感到特别厌烦。

“还不知道能不能组建成呢……”

窗外雪花纷飞。全球变暖了，冬天在一月份就已经结束了。帕夫琳娜学会了摆脱忧郁的办法。也许，这真的是与亚特兰蒂斯大陆将要浮出水面有关？

图书在版编目（CIP）数据

破碎的心 / (俄罗斯) 斯维特兰娜·瓦西连科等著；
武利茹等译. -- 北京：西苑出版社, 2022.6
ISBN 978-7-5151-0835-3

Ⅰ. ①破… Ⅱ. ①斯… ②武… Ⅲ. ①短篇小说一小
说集一俄罗斯一现代 Ⅳ. ①I512.45

中国版本图书馆CIP数据核字(2022)第047685号

著作权合同登记号 图字：01-2022-2210

破碎的心
POSUI DE XIN

策划编辑	赵　晖
责任编辑	汪昊宇
装帧设计	黄　尧
责任印制	陈爱华
出版发行	西苑出版社 XIYUAN PUBLISHING HOUSE
地　　址	北京市朝阳区和平街11区37号楼　邮政编码：100013
电　　话	010-88636419
印　　刷	北京盛通印刷股份有限公司
开　　本	787mm×1092mm 1/32
字　　数	142千字
印　　张	7.75
版　　次	2022年6月第1版
印　　次	2022年6月第1次印刷
书　　号	ISBN 978-7-5151-0835-3
定　　价	56.80元

（图书如有缺漏页、错页、残破等质量问题，请与出版社联系）